KAMPENWAND
VERLAG

ISBN: 978-3986601249

www.kampenwand-verlag.de

Versand & Vertrieb durch Nova MD GmbH
www.novamd.de · bestellung@novamd.de · +49 (0) 861 166 17 27

Text: Krinke Rehberg
Bilder: Shutterstock: k_samurkas, Astes, Den Rozhnovsky, nuruddean, Pawel Kazmierczak, Andrejs polivanovs
Druck: CUSTOM PRINTING
Wał Miedzeszyński 217, 04-987 Warszawa, Polen

KRINKE
REHBERG

Dieser Kriminalroman ist frei erfunden. Alle Ähnlichkeiten mit lebenden oder verstorbenen Personen und/oder realen Handlungen sind zufällig und nicht beabsichtigt.

Für Sabine
Sie ist alles in oin!

ACH JA: NIEMAND IST PERFEKT!
Daher bitte ich, eventuelle Rechtschreibfehla zu entschuldigen ...;)

»Sich von Wut leiten zu lassen, bedeutet, bei Sturm in See zu stechen.«

Prolog

Vor 30 Jahren

Über den Fernsehbildschirm liefen die Bilder von tausenden fröhlichen Menschen, wie sie die Grenze zwischen DDR und BRD passierten. Überall war das Victoryzeichen, die gespreizten Zeige- und Ringfinger, zu sehen. Im Scheinwerferlicht saßen die Menschenmassen auf der Berliner Mauer und schwangen die mitgebrachten Werkzeuge, um dieses Verbrechen gegen die Menschlichkeit zu zerstören.

Die Stimme des Nachrichtensprechers ging in dem lautstarken Jubel unter. Plötzlich verfärbte sich das Bild rot. Helles Blut rann die Mattscheibe herab.

Die vom Nachbarn gerufenen Polizeibeamten brachen die Wohnungstür auf und sahen ein Kind, das mit starrem Blick die Feier des Mauerfalls im Fernsehen verfolgte. Davor lagen zwei blutüberströmte Leichen.

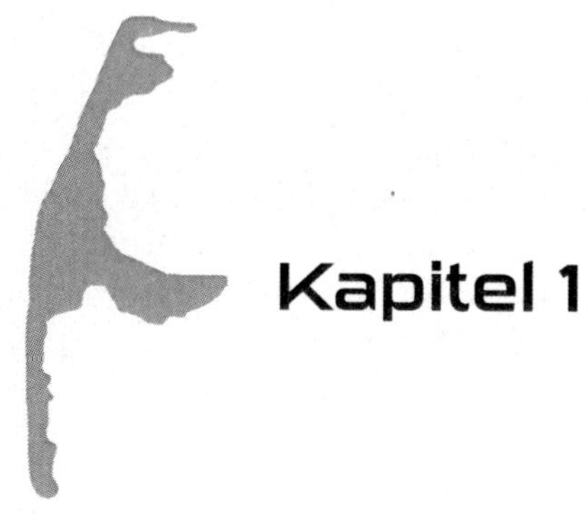

Kapitel 1

Der Sturm hatte sich zurückgezogen und tobte sich weit draußen über der Nordsee aus. Geblieben war der strömende Regen. Eine einzelne Möwe stürzte sich kreischend auf einen nackten, leblosen Körper.

Als Karsten Teel den Motor startete, war es kurz vor Feierabend. Die Nacht hatte nicht viel eingebracht, aber diese Tour nach Hörnum würde seinen Stundenlohn ausgleichen. Wahrscheinlich wollte die Anruferin den frühen Zug aufs Festland nehmen.

Er steuerte sein Taxi die Hörnumer Landstraße entlang und dachte an die sieben freien Tage, die vor ihm lagen. Die Reisetasche stand gepackt im Flur seiner kleinen Wohnung, aber er würde sich erst für einige Stunden hinlegen, bevor er um 16 Uhr in Flensburg auf dem Schiff einchecken musste. Hochseefischen war seit Jahren sein einziger Luxus und er freute sich auf die Stille und Abgeschiedenheit, die dieses Hobby mit sich brachte.

Die Dämmerung setzte langsam ein und die Scheinwerfer warfen eine Lichtschneise durch den dichten Regen.

Kurz vor Hörnum stand eine Person mitten auf der Fahrbahn und winkte mit erhobenen Armen. Erschrocken trat er auf die Bremse und sah die Frau zur Seite springen. Ihr rotweißgestreiftes Kleid war völlig durchnässt und von ihren blonden Haaren tropfte der Regen.

Karsten Teel schaltete die Warnblinkanlage ein und stieg aus.

Kapitel 2

Bente spazierte mit Ulrike durch die menschenleere Stadt. Der Regen störte weder sie noch ihre Hündin. Labradore wurden für das Apportieren aus dem Wasser gezüchtet und Bente war wetterunempfindlich. Sie mochte das raue Klima der Insel und die morgendliche Stille. Dennoch plagte sie immer häufiger das Gefühl, eine Entscheidung treffen zu müssen. Die Abende und Nächte bei Erik zu verbringen und jeden Morgen zum Duschen in ihre eigene Wohnung zu gehen, war kein Dauerzustand. Aber alles in ihr sträubte sich gegen die Vorstellung, gemeinsam mit Erik zum Dienst zu gehen. Natürlich wussten die Kollegen von ihrer Beziehung, hielten sich aber wohlweislich mit anzüglichen Kommentaren zurück. Zumindest ihr gegenüber. Als Dienststellenleiterin der Kripo Sylt hatte sie sich in den letzten Jahren zwar bemüht, zu einer Teamplayerin zu werden, aber ihr Privatleben schottete sie nach wie vor hermetisch ab. Wäre Erik nicht Polizeiobermeister und damit ein Kollege, könnten sie eine gemeinsame Wohnung suchen und sich nach dem Frühstück einen schönen Tag wünschen. So aber musste sie sich den ganzen Tag darauf konzentrieren, ihr

Privatleben aus dem Polizeialltag herauszuhalten. Auf keinen Fall durfte es Gerede geben, das hatte sie gelernt!

Sie schloss ihre Wohnungstür auf und öffnete den Kühlschrank. Während sie einen eingeschweißten Beutel Futter aus dem Froster in das untere Fach und den bereits aufgetauten Beutel auf die Arbeitsplatte legte, fiepte Ulrike aufgeregt. Bente grinste zufrieden. Seit fünf Wochen barfte sie. Dieses Futter war eine Wissenschaft für sich, aber sie hatte sich eingelesen. Mittlerweile konnte sie sich nichts anderes mehr vorstellen.

Während Ulrike fraß, stieg sie unter die Dusche.

Eine halbe Stunde später betrat sie das Büro in der Stephanstraße. Sofort stieg ihr frischer Kaffeeduft in die Nase.

»Hansen, was machst du hier?« Sie war es gewohnt, dass der ehemalige Dienststellenleiter regelmäßig und unangekündigt in der Wache auftauchte, aber dass er als Erster hier war und Kaffee kochte, war noch nie vorgekommen.

»Ich habe Neuigkeiten!« Er reichte ihr einen großen Pott Kaffee.

Ulrike stupste ihn mit der Schnauze an. »Für dich habe ich auch was«, lachte er und fischte eine ungewürzte Frikadelle aus der Tasche.

Heike und Klemme kamen gemeinsam zur Tür herein. »Hansen, was ist los, senile Bettflucht?«, grinste Heike.

»Er hat Neuigkeiten«, klärte Bente ihr Team auf, als die Tür sich wieder öffnete und Timme ins Büro trat. »Neuigkeiten? Gibt's das als Rentner noch?«

Hansen wischte demonstrativ mit dem Handrücken über seine Schulter. »Lästert ihr nur, das perlt alles an mir ab!«

»Okay, das müssen ja tolle Neuigkeiten sein, wenn du so eine Gelassenheit an den Tag legst«, wunderte sich Bente.

»Nun mach schon! Spann uns nicht auf die Folter, was ist los?« Heike verteilte Kaffee an ihre Kollegen und ließ sich auf den Schreibtischstuhl fallen.

Hansen setzte sich auf die Kante von Klemmes Schreibtisch, als Eriks Kopf in der Tür erschien. »Das ist ja wie auf'm Bahnhof hier!«, grummelte Hansen.

»Moin, zusammen«, grüßte Erik und ließ seinen Blick kreisen. Er verlor nie ein Wort darüber, dass Bente morgens fluchtartig seine Wohnung verließ, was sie ihm hoch anrechnete.

»Du kommst gerade richtig, Hansen hat Neuigkeiten!«, zwinkerte sie ihm zu.

»Ich fürchte, die müssen warten«, schüttelte er ernst den Kopf.

Bente hob fragend die Augenbrauen.

»Am Alten Schöpfwerk in Keitum wurde eine Leiche gefunden!«

Kapitel 3

Um das rotweiße Flatterband der Polizeiabsperrung stand ein Dutzend Schafe am Deich und starrte auf die Beamten der KTU in ihren weißen Overalls.

Vor dem Alten Schöpfwerk kniete Flackner neben einer Leiche.

»Moin, Brodersen, ist ’n Schietwetter, um sich umzubringen!« Er deutete mit dem Kopf auf den Toten.

»Selbstmord?« Bente schaute sich um. Das Alte Schöpfwerk lag direkt hinterm Deich in Keitum und diente früher zur Entwässerung des Koogs. »Hier ist doch eine Vogelschutzstation, oder?«

Flackner sah auf und zuckte mit den Schultern.

»Ja, eine Vogelwarte und ein kleines Museum«, erklärte Heike, die ihren Blick von dem Leichnam des Mannes abwandte. Der Anblick eines Toten bereitete ihr immer noch Übelkeit. »Hier ist auch einer der Ausgangspunkte für Wattwanderungen.« Bente nickte. »Wer hat die Leiche gefunden?«

»Ich kümmere mich darum«, versicherte Heike schnell und ging zu den Streifenbeamten.

»Kannst du schon was Konkretes zum Todeszeitpunkt sagen?« Bente drehte sich zu Flackner um und sah auf den jungen Mann, der erschossen vor ihr lag. Er konnte kaum älter als fünfundzwanzig sein.

»Anhand der Leichenstarre würde ich zwischen Mitternacht und 3 Uhr morgens sagen, Genaueres nach der Obduktion.«

»Ist das die Waffe?«

»Anzunehmen!« Flackner beförderte die Pistole in einen Plastikbeutel.

»Sieht alt aus.« Bente griff nach dem Beutel und schaute sich die Pistole an. Der eingravierte Schriftzug *Luger* war trotz der Verschmutzungen durch die feuchte Erde deutlich zu erkennen.

»Ja, wurde im Zweiten oder sogar Ersten Weltkrieg ausgegeben.« Flackner sprach mit Bente, ohne sie anzusehen. Er konzentrierte sich auf die Eintrittsstelle der Kugel an der linken Schläfe. Die Verbrennungen wiesen darauf hin, dass der Lauf der Waffe direkt an der Schläfe angesetzt worden war.

Das Blut war geronnen, aber der Regen hatte es auf Kragen und Schultern des Hemdes verteilt.

Nachdenklich sah Bente auf Jacke und Jeans des Toten. Ihr Blick wanderte zu den Füßen. »Sneakers?«

Flackner brummte bestätigend.

»Sonst noch irgendwas?«

»Augenscheinlich nicht, aber ich werde mehr wissen, wenn er bei mir auf dem Tisch liegt.«

Auf dem asphaltierten Weg fuhr der Leichenwagen der Pathologie langsam heran. Zwei Kollegen der KTU zogen einen schmucklosen Aluminiumsarg heraus und trugen ihn zu dem Leichnam.

Bente stieg die Stufen zum Deich hoch und drehte sich einmal um die eigene Achse, als Heike zu ihr kam.

»Ein Mitarbeiter der Vogelwarte, Hauke Jensen, hat den Toten gefunden. Er wartet dort hinten.« Sie zeigte auf einen Mann, der unter dem Vordach des Alten Schöpfwerks stand.

»Ist er okay?«

»Macht einen gefassten Eindruck«, nickte Heike.

Bente ging zu dem Mann in gelbem Friesennerz und grünen Gummistiefeln. »Hauptkommissarin Brodersen, ich kann mir vorstellen, wie Sie sich gerade fühlen«, begrüßte sie ihn.

»Es gibt schönere Anblicke, um in den Tag zu starten«, antwortete er. »Als ich ihn dort liegen sah, bin ich sofort hingeeilt, aber Hilfe brauchte er keine mehr.«

»Haben Sie irgendjemanden bemerkt?«

»Sie meinen, außer den Toten?«

»Ja.«

Er schüttelte den Kopf. »Der arme Kerl. Hat sich das richtige Wetter ausgesucht.«

»Wieso?« Bente horchte auf.

»Naja, drückt bei vielen auf die Stimmung, so'n Wetter«, erklärte er lapidar.

»Haben Sie den Toten schon mal hier gesehen?«

»Nee, aber ich merke mir auch nicht die Gesichter der ganzen Touristen.«

»Sind Sie immer so früh hier?«

»In der Morgendämmerung sind die meisten Vogelarten aktiv. Zur Zeit haben wir eine kleine Kolonie Basstölpel, die hier durchzieht.« Seine Stimme nahm einen warmen Klang an, offensichtlich liebte er seine Arbeit. Bente wusste nichts über Basstölpel und hatte kein Bild dieser Vögel vor Augen.

Sie gab ihm ihre Karte. »Wenn Ihnen noch etwas einfällt, melden Sie sich bitte.«

Als sie ging, sah sie sich noch einmal nachdenklich um. Irgendetwas stimmte nicht! Grübelnd blickte sie in den wolkenverhangenen, grauen Himmel und plötzlich fiel ihr auf, was fehlte.

»Ist das Ihr Fahrrad?«, rief sie Hauke Jensen zu, der nickte.

Auf dem Weg zurück zum Bulli fragte Heike: »Was ist mit seinem Fahrrad?«

Bente hob den Arm über den Kopf und beschrieb mit der Hand einen großen Kreis. »Nichts als Deich und Marschland, soweit das Auge reicht.« Sie öffnete auf ihrem Handy die App von Google Maps und hielt Heike ihren Standort vor die Nase. »Hier sind wir, Archsum und Morsum sind jeweils gut zwei Kilometer entfernt.«

»Natürlich!«, fiel bei Heike der Groschen. »Wie ist er hergekommen? Es steht kein Auto hier und das Fahrrad gehört dem Vogelwart.«

»Genau!«, nickte Bente. »Die Frage ist, ob jemand, der Selbstmord begehen will, ein paar Kilometer zu Fuß durch strömenden Regen spaziert, um sich hier am Deich zu erschießen!«

»Vielleicht hatte dieser Ort eine besondere Bedeutung für ihn?«

»Möglich, aber eigenartig, dass er diesen Spaziergang auf sich nimmt«, murmelte Bente.

»Oder er brauchte den Gang durch den Regen, um letzte Zweifel an seinem Vorhaben auszuräumen?«

Bente zuckte mit den Achseln und setzte sich hinter das Lenkrad ihres Bullis. »Wer weiß schon, was in einem Selbstmörder vor sich geht?«, brummte sie vor sich hin.

Kapitel 4

Ich weiß einfach, dass ihr etwas Schlimmes passiert ist!«, rief Sandra Rossberg aufgebracht. Der Beamte in der Wache versuchte, die junge Frau zu beruhigen. »Ich nehme die Personalien auf und dann werden wir die Krankenhäuser und Ärzte abfragen, ob es einen Notfall gab. Könnte es sein, dass Ihre Freundin kurzfristig verreist ist?«

»Mel würde nie wegfahren, ohne mir etwas zu sagen! Es sind jetzt drei Tage ohne ein Zeichen von ihr, nicht mal eine WhatsApp!«

»Mel steht für …?«

»Melanie, Melanie Reiterer, wir teilen uns ein Apartment und jobben beide bei *Gosch* in List.«

»Haben Sie ein Foto von ihr?«

Sie kramte ihr Handy hervor und wischte über das Display. »Hier, das ist ihr Instagramprofil!«

Der Polizist sah auf das Porträt einer hübschen, blonden Frau und notierte die Personalien.

»Geben Sie mir bitte Bescheid, wenn Sie sie finden!«, bat Sandra Rossberg mit zittriger Stimme.

»Tut mir leid, aber Sie sind keine Angehörige …«

Sandra stöhnte fassungslos auf. »Suchen Sie sie einfach, ich habe wirklich ein ungutes Gefühl!«

»Wie gesagt, wir werden uns nach ihr erkundigen, aber wir können Ihre Freundin nicht suchen.«

»Wieso nicht?«

»Weil sie volljährig ist und sich frei bewegen kann, ohne sich bei Ihnen abzumelden.«

»Und was ist mit ihrem Job? Auch da hat sie nicht Bescheid gesagt oder sich krankgemeldet. Sie hat auch keine Sachen mitgenommen, also weder Klamotten noch Kosmetika, das passt doch nicht zu einem Kurztrip!«

Der Beamte nickte bedächtig mit dem Kopf. »Machen Sie sich keine Sorgen, bestimmt geht es Ihrer Freundin gut und sie kommt demnächst um ein Abenteuer reicher zurück!«

In Sandras Ohren klang diese Beschwichtigung nach Polizeischule. Unzufrieden mit dem Ergebnis verließ sie die Polizeiwache und wählte auf dem Parkplatz Mels Nummer. Sofort sprang die Mailbox an. Sie stürmte zurück in die Wache und legte dem Beamten ihr Handy auf den Tresen. »Mittlerweile ist ihr Handy aus!«, rief sie aufgebracht.

»Ich verstehe Ihre Sorge, aber es ist nicht verboten, sein Handy auszustellen.«

»Wollen Sie mich nicht verstehen?«, schrie sie hysterisch. »Ihr ist etwas passiert!« Schluchzend sank sie auf einen der Stühle im Wartebereich. »Können Sie nicht so eine Handyortung machen?«

»Das ist rechtlich nicht so einfach«, schüttelte er mit ehrlichem Bedauern den Kopf und reichte ihr fürsorglich ein Glas Wasser. »Ich verstehe Ihre Aufregung, aber das klärt sich bestimmt auf.«

Sandra sah ihm in die Augen. »Nein, ich glaube, sie steckt in Schwierigkeiten.«

Erik Willemsen hatte in seinem Büro die aufgebrachte Frauenstimme gehört und trat an den Tresen. Fragend sah er seinen Kollegen an.

»Ihre Mitbewohnerin ist nicht nach Hause gekommen.«

Prüfend las Erik die Notizen und sah dann zu der offensichtlich verzweifelten Sandra Rossberg. Sie hatte das Alter von Bentes Tochter Anka. Die junge Frau tat ihm leid. »Hat Ihre Mitbewohnerin einen Freund?«

»Nein, nicht mehr. Sie hatte einen, bis vor einem halben Jahr.«

»Können Sie mir den Namen des Exfreundes sagen?«

»Tim, weiter weiß ich nicht, aber er wohnt in Tinnum.«

»Gut, ich gebe die Personalien und das Foto an unsere Streifenwagen weiter. Die halten Augen und Ohren offen, versprochen.«

Dankbar nickte sie und zögerte dann für einen Moment. »Da ist noch etwas…« Sandra Rossberg schluckte trocken. Sollte sie den beiden Polizisten davon erzählen? Nein, unmöglich, dann würde es kein Zurück mehr geben.

Erik registrierte ihre Unentschlossenheit und wartete geduldig. Aber dann wischte die junge Frau sich mit dem Handrücken über die Augen und straffte die Schultern. »Ach, es ist nichts, ich bin völlig durcheinander!«

Als die Tür hinter ihr ins Schloss fiel, trat Erik ans Fenster und beobachtete, wie sie mit ausladenden Gesten telefonierte. Sie schien aufgebracht und gleichzeitig verunsichert zu sein, aber er konnte kein Wort verstehen. Dann stieg sie in ein fabrikneues Mini-Cabrio und fuhr rasant davon.

Kapitel 5

Der Gedanke an den überraschten Gesichtsausdruck sorgte für eine anhaltende Genugtuung. Die im Vorwege aufgekommenen Zweifel waren einer tiefempfundenen Zufriedenheit gewichen. Es hatte sich gelohnt, dem Drang nachzugeben und in die Finsternis der Seele hinabzutauchen.

Die Regenwolken waren von dem Ostwind auf die Nordsee getrieben worden und vereinzelte Sonnenstrahlen bohrten sich durch die Wolkendecke. Einige Möwen stürzten sich auf das Watt. Die Ebbe bescherte den räuberischen Seevögeln einen reich gedeckten Tisch.

Der Blick aus dem bodentiefen Fenster in der Wohnküche hatte eine beruhigende Wirkung, aber die Aufregung ließ sich nicht verdrängen.

Die Schublade des Schreibtisches knarzte wie eine alte, hölzerne Treppenstufe. Als die lederbezogene Schatulle geöffnet wurde, lag eine mit grünem Samt ausgeschlagene Mulde frei. Die Pistole war über die Jahrzehnte in Vergessenheit geraten. Die Schatulle war leer.

Kapitel 6

In der Dienststelle bearbeiteten Klemme und Timme eine Liste mit Kreditkartendaten. In einem Hotel in Kampen waren die Daten der Gäste gehackt worden. Erst beim Auschecken eines Gastes war dieser Datendiebstahl bemerkt worden, als seine Kreditkarte wegen Überschreitung des Limits von täglich fünftausend Euro bei der Bezahlung der Minibarrechnung abgelehnt worden war.

Bente öffnete die Tür des behelfsmäßigen Containerbüros und sofort drängte Ulrike sich an ihr vorbei.

»Pech gehabt, die Frikadellen sind schon wieder weg, aber bestimmt kommen sie heute noch mal vorbei!«, witzelte Timme.

Bente grinste ihn an. Bei Hansen machte sie eine Ausnahme, aber allen anderen hatte sie untersagt, Ulrike mit Leckereien zu mästen. Labradore neigten zu Übergewicht, einfach, weil sie kein Sättigungsgefühl zu kennen schienen.

»Was habt ihr am Alten Schöpfwerk vorgefunden?« Klemme sah von seinem Bildschirm auf.

»Ein junger Mann, sieht nach Selbstmord aus...«, murmelte Bente.

»Aber du glaubst nicht dran?«, fragte Timme.

Bente zog eine Grimasse und schwieg nachdenklich.

»Kennt ihr den Deich bei Archsum?«, wandte Heike sich an ihre Kollegen.

Klemme nickte. »Klar, der Deichweg ist prima zum Radfahren.«

»Genau, aber da war kein Fahrrad oder Auto in der Nähe der Leiche und es gibt keinen Hinweis auf die Identität.«

Timme rief die Karte des Gebietes auf Google Maps auf und vergrößerte den Ausschnitt. »Wieso sucht ihr ein Auto?«

»Sieh dir die Gegend an!«, erwiderte Bente. »Gestern Nacht hat es wie aus Eimern gegossen.«

»Es regnet seit Tagen, willkommen auf Sylt, sage ich da nur!«, seufzte Timme.

An der Wand zwischen den Fenstern, die zum Parkplatz hinausgingen, hing eine große Karte der Insel. Bente kreiste mit ihrem Zeigefinger um das Gebiet am Alten Schöpfwerk. »Nachts bei strömendem Regen zu Fuß zum Deich zu gehen, um sich dort zu erschießen, ist seltsam, oder?«

»Du denkst an Fremdeinwirkung?«, hakte Klemme nach.

»Noch denke ich nur, dass es seltsam ist. Aber vielleicht gibt es ja eine Erklärung dafür.« Sie zuckte mit den Achseln und sah ihre Kollegen an. »Was war eigentlich mit Hansen, was wollte er denn so Wichtiges erzählen?«

»Keine Ahnung!« Klemme hob die Hände. »Er ist wieder gegangen.«

»Der kommt wieder, da bin ich sicher!« Bente kannte den Alten mittlerweile gut genug.

Heikes Handy klingelte. Überrascht sah sie zu Bente. »Videoanruf von Flackner.«

»Er weiß, dass ich nicht rangehe, sondern zurückrufe. Jetzt versucht er es bei dir!«

»Wieso gerade bei mir? Ich ertrag den Anblick nicht!«

Bente nahm Heike das Handy aus der Hand und drückte auf das grüne Hörersymbol. »Flackner, Heike ist gerade drüben in der Wache.«

»Quatsch mit Soße, sie erträgt den Anblick von Leichen auf meinem Tisch nicht und steht neben dir!«, feixte er.

»Aus dir wird vielleicht doch noch ein Kommissar!«, konterte Bente spöttisch. »Was hast du?«

»Zuerst zur Waffe.« Er schwenkte die Kamera auf den Tisch. »Eine Luger 08. Alt, aber gut in Schuss!« Sein Lachen ließ Bente unkommentiert. Die Kamera zeigte jetzt auf das Einschussloch an der Schläfe. »Mit Öffnen der Schädeldecke sollte ich auf das Neunmillimeter-Projektil stoßen.«

»Vielen Dank für diese Information, aber deswegen hast du doch nicht angerufen, oder?«

Flackner schüttelte den Kopf und schwenkte wieder zur Waffe. »Ich bin kein Ballistiker, aber die Luger ist mehr poliert worden, als dass mit ihr geschossen wurde.«

»Worauf willst du hinaus, Flackner?«

»Das Ding sieht danach aus, als wäre es im Museum ausgestellt gewesen.«

Timmes Finger flogen über die Computertastatur. »Die Luger 08 ist eine Parabellum-Pistole und bei Sammlern sehr begehrt«, las er vom Bildschirm ab.

»Was ist eine Parabellum-Pistole? Habe ich noch nie gehört«, fragte Heike.

»Para Bellum ist lateinisch und bedeutet so viel wie *Bereit für den Krieg*«, erklärte Bente.

»Donnerlüttchen, Brodersen! Hut ab«, bemerkte Flackner sarkastisch.

»Nur das kleine Latinum, Herr Doktor!«, wiegelte sie ab. »Ist für Kreuzworträtsel hilfreich, aber für meinen Job unnütz. War gerade das erste Mal, dass ich damit glänzen konnte. Aber nun sag schon, was geht dir im Kopf herum?«

»Semper cum tranquillitate!«, grinste Flackner.

»Ich bin gelassen, aber beschäftigt und habe keine Zeit für einen lateinischen Smalltalk!«

»Die Luger 08 benötigt ein Magazin und Munition, die genau auf die jeweilige Waffe abgestimmt sind«, mischte sich Timme wieder ein.

»Genau darauf wollte ich hinaus!«, rief Flackner und das Display wechselte wieder zu der Luger. »Es fehlen zwei Patronen aus dem Magazin.«

»Zwei Schüsse?« Bente legte die Stirn in Falten.

»Es ist definitiv nur ein Einschussloch im Körper, aber ich werde die Pistole nach Kiel in die forensische Ballistik schicken, um Gewissheit zu erlangen, ob jüngstens zwei Schüsse abgegeben wurden.«

»Gut, sonst noch was?«

»Wollt ihr zusehen, wie ich den Schädel öffne?«, fragte Flackner süffisant.

»Nein!«, schrie Heike augenrollend und Bente beendete das Telefonat. Sie sah in die Runde. »Konzentrieren wir uns auf diesen vermeintlichen Selbstmord! Weshalb hat der junge Mann einen ersten Schuss abgegeben, bevor er sich erschossen hat?«

»Die Waffe scheint sehr alt zu sein, vielleicht wollte er sichergehen, dass sie funktioniert?«, zuckte Klemme mit den Achseln.

Bente starrte ins Leere. Irgendetwas an der Geschichte störte sie.

»Die Luger 08 war eine der meistgebauten Kurzwaffen und im Ersten und Zweiten Weltkrieg die Standardpistole der deutschen Armee«, las Timme weiter von seinem Monitor ab.

»Das bedeutet, es gab jede Menge davon.« Heike vergrößerte den Screenshot von der Luger auf ihrem Handy. »Hier sind drei Nummern eingraviert.«

»Jede Luger hat eine Seriennummer, die von dieser Pistole ist nicht im zentralen Waffenregister!« Timme lehnte sich in seinem Schreibtischstuhl zurück.

Bente schnippte mit den Fingern, dass es schnalzte. »Also handelt es sich um eine nicht registrierte Waffe.« Sie stellte sich an das Clipboard und entwarf ein einfaches Diagramm. »Er trug kein Handy mit sich. Das ist auffällig.«

»Wieso?« Timme sah sie skeptisch an.

»Weil er jung war und seine Generation mit Smartphones verwachsen ist! Laut einer aktuellen Umfrage würden die allermeisten unter Fünfundzwanzigjährigen lieber eine Niere als ihr Smartphone hergeben!«

Timme und Klemme rissen staunend die Augen auf, während Heike betreten zu Boden sah.

»Außerdem muss er kriminelle Energie aufgebracht haben, um sich die Waffe zu besorgen«, warf Timme ein.

»Und es fehlen zwei Patronen!«, ergänzte Heike.

Bente schrieb all diese Informationen auf das Clipboard, trat zwei Schritte zurück und betrachtete ihr Werk. »Am meisten stört mich seine Kleidung.«

Klemme öffnete die Fotos von der Leiche, sodass alle die Bilder auf dem Bildschirm hatten. »Seht euch seine Schuhe an!«, forderte Bente ihr Team auf.

Heike stöhnte auf. »Natürlich! Die sind absolut sauber. Damit ist er nie und nimmer eine Stunde zu Fuß über die matschigen Feldwege gegangen!«

Kapitel 7

Was hast du mit ihr gemacht?«, rief Sandra schrill.

»Was soll ich gemacht haben?«

»Sie ist verschwunden und zwar nach eurem Streit!«

Seine Augen verengten sich zu kleinen Schlitzen. »Vorsicht! Für dich gilt das Gleiche!«, zischte er ihr mit zusammengepressten Lippen zu.

»Wir halten uns an die Abmachung, aber das geht zu weit!«, schrie sie hysterisch und verstummte, als er sich von seinem Schreibtischstuhl erhob und sich bedrohlich über sie beugte. Sie sah zu ihm auf und senkte schließlich den Blick. War sie selbst in Gefahr? Sie würde sich nicht mit ihm anlegen, sein Geschäftsmodell war genial und hatte Mel und ihr viel eingebracht.

»Wo kann sie nur sein? Sie geht nicht an ihr Handy und ist seit drei Tagen wie vom Erdboden verschluckt!«

»Was weiß ich, ich bin nicht ihr Babysitter!«, entgegnete er achselzuckend.

»Sie hat dir gesagt, dass sie aussteigen will, das hat sie mir erzählt!«

Er sah sie kalt an. »Du hängst da mit drin, also zügle deine Zunge!«

Sandra schrak zurück. War er fähig, Mel und ihr etwas anzutun? Oder hatte er Mel vielleicht schon etwas angetan?

»Vielleicht sollten wir eine Pause einlegen?«, murmelte sie leise.

Er lachte gehässig auf. »Eine Pause? Im Gegenteil! Ich werde Ersatz für Mel beschaffen und für dich geht es ganz normal weiter!«

Ein eiskalter Schauer kroch langsam über ihren Rücken und sie nickte. Er trat noch einen Schritt an sie heran, sodass sie seinen Atem an ihrem Hals spürte. Nie zuvor hatte sie diese Aggressivität bei ihm erlebt.

Kapitel 8

Am späten Nachmittag erschien Hansen wieder in der Dienststelle und holte eine seiner Frikadellen aus der Tasche, auf die Ulrike sich stürzte.

»Hansen, was willst du uns erzählen?«, begrüßte Bente ihn.

»Ich dachte schon, es interessiert euch nicht!«, grummelte er.

»Wir haben einen Selbstmord, bei dem die Umstände uns zweifeln lassen, ob es tatsächlich einer war.«

Er setzte sich auf einen Stuhl, lehnte sich zurück und sah in die Runde. »Ich habe eine freudige Nachricht zu verkünden.« Er holte in aller Ruhe eine weitere Frikadelle hervor und ließ Ulrike davon abbeißen.

Bente stutzte. Normalerweise würde er sich darum reißen, Ermittlungsdetails zu erfahren! »Spann uns nicht so auf die Folter!«

»Ja, raus damit, Chef!«, rief Klemme. Er sah entschuldigend zu Bente, die versöhnlich abwinkte. Hansen war zwanzig Jahre der Dienstellenleiter der Kripo Sylt gewesen, da war es nicht verwunderlich, dass Klemme und Timme ihn im Eifer des Gefechts manchmal noch Chef nannten.

Auch Heike heftete den Blick ungeduldig auf ihn.

Offensichtlich genoss Hansen die ungeteilte Aufmerksamkeit. »Ich werde euch nicht mehr lange...«

Bentes Handyklingeln unterbrach ihn. »Flackner, da muss ich rangehen«, seufzte sie und schaltete auf Lautsprecher.

»Ich habe im geöffneten Schädel erwartungsgemäß nur ein Projektil gefunden.«

»Stammt es aus der Luger?«

»Ist ein Neunmillimetergeschoss. Die Bestätigung wird Kiel uns geben, aber ja, es passt.«

»Hast du bei der Obduktion irgendwelche Hinweise gefunden, die an einem Selbstmord zweifeln lassen?«

»Aus Sicht der forensischen Medizin nicht. Es sind deutliche Verbrennungs- und Schmauchspuren an der Schläfe vorhanden. Ich habe die Schusshand und die Kleidung untersucht und auch hier zeigt sich ein logisches Bild von Schmauchspuren. Die Fingerabdrücke auf der Luger stammen vom Opfer.«

»Was hast du sonst bei Kleidung und Schuhen herausgefunden?«

Er schwieg und schluckte trocken. »Mist, das hab ich vergessen!«, seufzte er zerknirscht.

»Echt jetzt, Flackner?«, platzte Bente der Kragen.

»Atme durch den Bauch, Brodersen. Wer dumme Fragen stellt, erhält dumme Antworten. Natürlich habe ich das nicht vergessen. Glaubst du, ich bin ein Anfänger, oder was?«

Sie rollte mit den Augen. »Schon gut, Herr Dr. Mimose Flackner! Also, was hast du dazu?«

»Sämtliche Kleidungsstücke waren stark durchnässt. Kein Wunder, die Leiche lag stundenlang im Regen. Es gibt keine Risse oder Flecken, die auf einen Kampf hinweisen.«

»Was sagen dir seine Schuhsohlen?«, wollte Bente wissen.

»Ich will dich nicht beunruhigen, Brodersen, aber Schuhsohlen haben nicht die Fähigkeit, zu sprechen!« Flackner lachte über seine eigene Bemerkung.

»Geht's noch, Flackner? Hast du irgendwie den Eindruck, ich sei an Späßen interessiert? Ich will Ergebnisse! Hier ist schließlich ein junger Mann gestorben.« Ihr Tonfall verriet ihren Unmut über seine semi-witzigen Bemerkungen.

»Mein Gott, Brodersen. Mit Humor lässt sich alles besser ertragen«, entgegnete er.

»Ach ja, erzähl das mal seinen Angehörigen! Schluss damit, ich will deinen Bericht auf meinem Schreibtisch haben. Und denk an die Schuhsohlen!« Damit legte sie verärgert auf. »So ein Schwachmat!«, murmelte sie ungehalten.

»Was, wenn er von jemandem hingefahren wurde?«, wandte Klemme sich an Bente.

»Um was zu tun?«

»Na ja, sich zu erschießen«, stammelte Klemme. »Vergiss es, blöde Idee!«

»Nein, ist es nicht, aber spielen wir das doch mal durch.« Bente stellte sich wieder an das Clipboard. »Niemand fährt dich bei strömendem Regen an den Deich, lässt dich aussteigen und fährt wieder weg.«

»Eher unwahrscheinlich, außer er hat ein Taxi genommen.« Klemme setzte sich sofort ans Telefon, um die ansässigen Unternehmen nach einer Tour zum Alten Schöpfwerk zu fragen.

»Oder die Person, die ihn gefahren hat, wusste von seinem Plan, sich umzubringen. Oder ...«, dachte Bente laut.

»Es war sein Mörder!«, rief Heike aufgeregt.

»Falls es sich um Mord handelt!« Timme hob abwehrend die Hände und schüttelte vehement den Kopf. »Ein fehlendes Handy und die ungeklärte Frage, wie er an den Deich gekommen ist, sind im Gegensatz zu den eindeutigen Schmauchspuren und Fingerabdrücken an der Waffe eher Spekulation, oder?«

Bente nickte. »Du hast recht, Timme, aber es gibt berechtigte Zweifel an der Selbstmordtheorie und genau deshalb sind wir hier, um dem nachzugehen.«

Bente setzte ein großes Fragezeichen über das Wort Selbstmord auf dem Clipboard. »Konzentrieren wir uns auf seine Identität, das bringt uns vielleicht weiter.«

Plötzlich sahen alle zu Hansen, der immer noch auf dem Stuhl saß und nachsichtig lächelte. Bente fiel sein zufriedener Gesichtsausdruck auf, aber bevor sie ihn ansprechen konnte, riss ein Kollege von der Wache die Tür auf.

»In Hörnum wurde eine weibliche Leiche in den Dünen gefunden. Die Kollegen sind bereits unterwegs.« Er reichte Bente einen Ausdruck.

Für eine Sekunde herrschte Stille.

»Soweit zu meinen Zweifeln am Selbstmord. Zwei Leichen an einem Tag, das ist kein Zufall!« Bente griff zu ihrem Autoschlüssel und wandte sich auf dem Weg zur Tür zu Hansen um. »Was immer du hast, es muss warten!«

Er winkte ab. »Ist nichts Eiliges, hat ja noch neun Monate Zeit.«

»Bist du schwanger?«, platzte Klemme heraus.

Alle lachten und Hansen fiel mit ein. »Nee, aber ich werd Opa!« Tränen der Rührung traten in seine Augen. Heike umarmte ihn spontan und gratulierte. Bente, Klemme und Timme schlossen sich den Glückwünschen an und freuten sich über sein strahlendes Gesicht. Stolz erklärte er: »Ich weiß es erst seit gestern und seitdem kann ich an nichts anderes mehr denken, als dass ich ein Enkelkind bekomme! Ich hatte die Hoffnung schon aufgegeben, dass ich mal Opa werde!« Er lachte mit glasigen Augen. »In meinem Kopf dreht sich jetzt alles um dieses neue Leben, da habe ich keinen Platz für Mord und Totschlag. Könnt ihr das verstehen?«

»Absolut, Hansen, absolut!«, nickte Heike gerührt und umarmte ihren alten Chef noch einmal.

»Ein neuer Lebensabschnitt, Hansen! Grüß die werdende Mutter und Oma von mir, wir müssen jetzt los, Heike!«, sagte Bente und pfiff nach Ulrike. »Klemme, informiere Flackner!«

Auf dem Weg nach Hörnum gingen ihr Hansens Worte durch den Kopf. Sie dachte wehmütig an Ankas abgebrochene Schwangerschaft vor über einem Jahr. Würde sie sich als Oma auch nicht mehr mit Mord und Totschlag beschäftigen wollen? Ausgerechnet jetzt wartete eine weibliche Leiche auf sie in den Dünen. Zwischen diesen beiden Toten musste es eine Verbindung geben!

Kapitel 9

Weit draußen auf der offenen See sorgte die Anziehungskräfte zwischen Min und Sonne für die nächste Flut. Das Wasser sammelte sich langsam und unaufhaltsam in den Prielen, um schließlich das Watt zu bedecken und die Salzwiesen an beiden Seiten des Hindenburgdamms zu überspülen. Ebbe und Flut waren seit ewigen Zeiten das Uhrwerk der See und so verlässlich wie der Lauf des Mondes.

Völlig in Gedanken versunken, drang das Klingeln des Telefons nicht zu den Ohren durch.

Der Anfang war gemacht, aber es mussten noch einige Aufgaben erledigt werden, bis das Ziel erreicht war.

Kapitel 10

Der rote VW Bus bog auf den Parkplatz zum Bunker Hill ein. Zwei Beamte errichteten eine Absperrung an der Einfahrt und winkten Bentes Bulli durch. Am hinteren Ende, dort, wo der Weg durch die Dünen zum Wasser führte, wartete Erik auf sie. Er sah Bente ernst an. »Die KTU ist auf dem Weg.« Sie nickte und wappnete sich für den Anblick der Leiche. In Eriks Augen hatte sie die Warnung erkannt. Er verlor nie ein Wort über ihre Beziehung, wenn sie dienstlich aufeinandertrafen. Diese Trennung von Beruf und Privatleben war ihr wichtig und er respektierte das. Sie lächelte ihn dankbar an.

Erik zeigte auf den sandigen Pfad, der in die Dünen führte. »Hier entlang, aber du bleibst besser hier«, sagte er zu Heike und hielt sie am Arm zurück. Bente zuckte erschrocken zusammen, atmete tief durch und dachte an Hansen. Gerade eben hatte er ihnen die freudige Nachricht eines neuen Lebens verkündet und jetzt war sie auf dem Weg zu einer grausam zugerichteten Leiche.

Heike seufzte verlegen. »Danke, ich bin wirklich keine große Hilfe! Wer hat sie gefunden?«

Erik zeigte auf einen der Streifenwagen, in dem eine Frau saß. »Sie steht unter Schock. Der RTW müsste gleich da sein.«

»Guck, ob sie redet, bevor sie ins Krankenhaus gebracht wird!«, wies Bente ihre junge Kollegin an und folgte Erik in die Dünen.

»Danke, das war sehr vorausschauend von dir«, sagte sie. Er hatte die Tote in den Dünen bereits gesehen und Heike den Anblick erspart.

»Ich weiß, dass du dich nicht abhalten lässt, aber diese Leiche muss schon einige Tage dort liegen und die Möwen …« Er brach ab, umschloss ihre Hände mit seinen und drückte fest zu.

»So schlimm?«, fragte sie erschüttert. Er nickte, wollte noch etwas sagen, besann sich aber und setzte den Weg schweigend fort.

Der regennasse Sand ließ sie bei jedem Schritt tief einsacken und machte ein schnelles Vorankommen unmöglich. Nach einer Wegbiegung sah sie zwei uniformierte Kollegen auf dem Dünenkamm, einige Meter neben ihnen lag die Leiche. Sie folgte Erik die Düne hinauf und erstarrte, als er zur Seite trat und den Blick auf die Tote freigab. Ohne Vorwarnung rebellierte ihr Magen. Sie sank auf die Knie und schloss die Augen. Nach fünf tiefen Atemzügen hatte sie den Würgereiz besiegt und erhob sich langsam.

In dem feuchten Sand lag eine entkleidete, junge Frau auf dem Rücken. Ihr Gesicht war bis zur Unkenntlichkeit von den Möwen bearbeitet worden. Bente blendete den Anblick aus und konzentrierte sich auf den Körper. Die Haut über dem Bauch war grünlich verfärbt, ein Zeichen für die bereits fortgeschrittene Verwesung. Einige Meter neben der Toten lag ein durchnässtes und verdrecktes, rotweißgestreiftes Kleid. Oberhalb des Schlüsselbeins sah Bente das Tattoo einer verschlungenen Blumenranke. Sie holte ihr Handy hervor und machte einige Fotos, wobei sie das Gesicht ausließ. Erik trat neben sie.

»Sie ist seit mindestens drei oder vier Tagen tot«, raunte sie ihm zu.

Er nickte und zeigte Richtung Strand. »Gleich hier unten laufen die Spaziergänger vorbei!«

»Dünenschutz ist Inselschutz!«, seufzte Bente mit Blick auf die in regelmäßigem Abstand aufgestellten Betretenverboten-Schilder. »Offensichtlich halten sich viel mehr Leute daran, als ich dachte, sonst wäre sie längst gefunden worden.«

»Hat mit dem Wetter zu tun, bei dem Regen gehen nur Hartgesottene an den Strand.«

Am Fuß der Düne tauchte Flackner mit seinem Team auf. Sie trugen bereits ihre weißen Overalls, die im Wind flatterten. Außer Atem und mit hochrotem Kopf erreichte er den Dünenkamm, nickte Bente und Erik zu und stöhnte: »Das erinnert mich an Zirkeltraining im Sportunterricht!« Er heftete den Blick auf die Tote und Bente erkannte die Faszination in seinem Gesicht. »Irgendwo spielen die Möwenkinder Murmeln mit den rausgepickten Augäpfeln«, grinste er.

Bente schnellte vor, packte ihn an den Schultern und ihr Gesicht war so nah an seinem, dass sich ihre Nasen berührten. »Es reicht! Ich ertrage dich und deine respektlosen Äußerungen nicht! Diese junge Frau könnte meine Tochter sein! Und jetzt geh mir aus den Augen, Flackner!« Ihre Stimme war messerscharf, kalt und bedrohlich leise.

Flackner trat einen Schritt zurück und senkte schuldbewusst den Blick. »Schon gut.«

»Schon gut? Das fällt dir dazu ein? Ist eine Leiche nichts anderes als ein Beweisstück, das du zerlegen und untersuchen kannst? Du bist krank, Flackner!« Sie starrte ihn verächtlich an und spuckte ihm vor die Füße.

Erik legte eine Hand auf ihren Oberarm. »Lass gut sein!«, beschwor er sie.

Sie schüttelte ihn ab. »Nichts ist gut!«, seufzte sie. Die Vorstellung, dass Anka leblos und entkleidet in den Dünen liegen würde, wich nicht aus ihren Gedanken. Die Angst legte sich wie ein Schraubstock um ihren Brustkorb. Wütend und entschlossen richtete sie sich erneut an Flackner: »Ich sehe in einer Leiche den Menschen dahinter, das verwirkte Leben, die Angehörigen und was es mit ihnen macht. Aber vor allen Dingen sehe ich das Verbrechen. Meine Motivation ist einzig und allein, den Täter hinter Gitter zu bringen, um weitere Opfer zu verhindern und für Gerechtigkeit zu sorgen! Wenn du deinen Job aus Spaß am Rumschnippeln machst, ohne Respekt und Pietät vor den Toten, dann bist du raus aus meinem Team! Ist das ein für allemal bei dir angekommen?«

Flackner hatte die Standpauke zunehmend nervös über sich ergehen lassen. Er wusste, dass die Kriminalhauptkommissarin keine leere Drohung ausstieß, und verlagerte sein Gewicht verlegen von einem Fuß auf den anderen. Schließlich drückte er das Kreuz durch und sah ihr fest in die Augen. »Ja, ist es. Ich bin vielleicht ein schräger Vogel, dem bei seiner Arbeit der Galgenhumor hilft, aber ich liefer Ergebnisse, die dir helfen, den Täter zu finden! Du findest keinen Besseren als mich, also lass mich meine Arbeit machen.«

Bente nickte und trat beiseite.

Flackners Team hatte den Streit aus einiger Entfernung verfolgt. Das Klicken der Kameraauslöser und die Brandung des Wassers waren für die nächsten Minuten die einzigen Geräusche.

»Das war hart, aber er verkraftet das offenbar. Ich wäre heulend zu Kreuze gekrochen«, grinste Erik.

»Wenn ich mir vorstelle, dass Anka da liegen würde und er solche Sätze …« Sie brach ab und schüttelte sich.

Erik nickte. »Ich habe auch sofort an Anka gedacht, als ich die Leiche sah. Es ist schwer, die Emotionen außen vor zu lassen, wenn das Opfer einen an einen geliebten Menschen erinnert.«

Sie drehte den Kopf zu ihm. »Wer immer das getan hat, Erik, ich muss ihn finden!«

»Ihn?«

»Ja, sieht nach einem Sexualdelikt aus und die Täter sind in über 90 Prozent aller Fälle Männer.«

Flackner winkte sie zu sich. »Ich gehe davon aus, dass dies der Tatort ist. Todeszeitpunkt ist mindestens drei, höchstens fünf Tage her«, berichtete er professionell und vermied, Bente anzusehen. »Außerdem gibt es Schleifspuren im Sand. Todesursache wahrscheinlich ein Schlag mit einem harten Gegenstand auf den Kopf, parietale Schädelfraktur.«

»Du meinst, sie ist hier erschlagen und einfach liegengelassen worden?«, hakte Bente nach. Ihr Ärger über den Rechtsmediziner war verraucht.

Flackner trat ein paar Schritte zurück und Bente folgte ihm. »Von hier aus sieht man sehr gut, wie sich der Regen der letzten Tage auf den Dünensand ausgewirkt hat.« Er winkte einen Mitarbeiter heran. »Ich will Aufnahmen von der Umgebung, im Speziellen von den Spuren im Sand um die Leiche und deren näherer Umgebung!« Sofort klickte der Auslöser ununterbrochen.

Der Unterschied fiel Bente sofort ins Auge. Der Sand um die Leiche herum war aufgewühlt.

»Regen verdichtet den Sand. Fußspuren sind zwar keine mehr da, aber die Frau hat wahrscheinlich mit ihrem Mörder auf dem Boden gerungen.«

»Gibt es Hinweise auf sexuellen Missbrauch?«

»Das wird die Obduktion ergeben. Wir haben bisher keine Schuhe von ihr gefunden.«

Bente sah sich um. Das Wetter der letzten Tage schloss Barfußlaufen aus.

Aus den Augenwinkeln sah sie Erik winken. Als sie bei ihm war, beendete er gerade ein Telefonat und berichtete: »Heute Morgen war eine junge Frau in der Wache, die ihre Freundin seit drei Tagen vermisst. Ich schicke dir die Daten aufs Handy.«

»Gut, das ist eine erste Spur, ich fahr mit Heike direkt zu ihr!« Sie ging langsam zum Parkplatz zurück und heftete ihren Blick auf das Dünengras am Wegesrand. Irgendwo mussten die Schuhe der Toten sein!

Als sie die letzte Düne hinter sich gelassen hatte, sprintete Ulrike auf sie zu und sprang freudig vor ihr auf und ab. Sofort hellte sich Bentes Stimmung auf. Sie war nur eine halbe Stunde weg gewesen, trotzdem freute sich ihre Hündin so überschwänglich, als hätte sie wochenlang auf dieses Wiedersehen gewartet.

Heike berichtete von der Zeugenbefragung: »Marianne Feil, sie war auf Fotosafari und ist abseits der Wege auf der Suche nach besonders schönen Motiven gewesen. Der

Anblick der Leiche hat sie in einen Schockzustand versetzt. Die Sanitäter haben sie mit in die Klinik genommen.«

»Ist sie von hier?«

»Nein, aus Osnabrück und nur für ein verlängertes Wochenende auf der Insel.« Heike sah sie prüfend an. »War es so schlimm wie erwartet?« Sie zeigte Richtung Leichenfundort.

»Schlimmer, eine junge Frau, die seit mehreren Tagen dort liegt, nackt bis auf die Unterhose. Aber es gibt eine erste Spur. Heute Vormittag wurde eine gewisse…«, Bente nahm ihr Handy und öffnete die Mail. »Melanie Reiterer vermisst gemeldet. Ihre Mitbewohnerin, Sandra Rossberg, hat sie vor drei Tagen zuletzt gesehen.«

»Passt«, seufzte Heike.

Bente nickte nachdenklich. Sie konnten der Mitbewohnerin nicht das entstellte Gesicht der Toten präsentieren, aber das Tattoo auf der Schulter würde für eine Identifizierung ausreichen.

»Ich will eine Halterabfrage von allen hier stehenden Fahrzeugen«, sagte Bente und sah sich auf dem Parkplatz um, auf dem gut zwei Dutzend Autos standen.

Heike sprach bereits in ihr Handy, wartete einen Moment und bekam die geforderte Information prompt. »Auf Melanie Reiterer ist kein Fahrzeug zugelassen. Die Kollegen sind schon benachrichtigt.« Heike wies mit ausgestrecktem Arm auf die Streifenbeamten, die den Parkplatz abliefen und jedes einzelne Kennzeichen an die Wache durchgaben. Sie schwenkte mit ihrem Handy über die parkenden Fahrzeuge und nahm ein Video auf. »Nur zur Sicherheit!«

»Auch hier stellt sich die Frage, wie die Tote hergekommen ist. Mit ihrem Mörder? Dann stammt er aus ihrem Umfeld!«, seufzte Bente.

Heike sah sie fragend an.

»Keine Frau geht leicht bekleidet mit einem Fremden in die Dünen.«

Auf der Fahrt zu Sandra Rossberg gingen sie die spärlichen Fakten durch, die bisher vorlagen. Sie waren sich einig, dass die beiden Leichen in einem Zusammenhang stehen mussten.

»Warum haben wir keine Schuhe am Fundort gefunden?«

»Und weder Jacke noch Mantel, das heißt doch, dass die junge Frau nicht draußen war, als sie ihrem Mörder begegnete, oder? Nur mit einem Kleid und barfuß, dafür ist es die falsche Jahreszeit!«, sagte Heike kopfschüttelnd und zog fröstelnd die Schultern hoch.

»Stimmt«, murmelte Bente und parkte vor dem *Erlebniszentrum Naturgewalten* in List. Am Tresen bei *Gosch* in der Alten Bootshalle fragten sie nach Sandra Rossberg. Eine Minute später stand eine hübsche Mittzwanzigerin vor ihnen. Sie sah nur kurz auf das Foto des Tattoos und rief schrill: »Sie haben sie gefunden.« Es war keine Frage, sondern die Bestätigung ihrer schlimmsten Befürchtungen. Offensichtlich handelte es sich bei der Toten in den Dünen vor Hörnum um Melanie Reiterer.

Bente und Heike folgten der schluchzenden Frau in den Personalraum hinter der Küche, wo sie sich auf eine Bank fallen ließ und hemmungslos weinte.

Wieder dachte Bente an Anka. Wie war es zu dem Mord an dieser jungen Frau gekommen? Sie hatte hier auf Sylt gejobbt und gewohnt, das Leben hatte noch vor ihr gelegen. Der Gedanke an die Benachrichtigung der Eltern bereitete ihr Übelkeit. Verbissen presste sie die Lippen aufeinander. Derjenige, der diesen Mord begangen hatte, würde gefasst werden. Das schwor sie sich, während Heike Taschentücher an Sandra Rossberg reichte. Nach einigen Minuten hatte sie sich soweit beruhigt, dass sie schluchzend fragte: »Was ist passiert?«

Mit leiser Stimme erklärte Heike, dass ihre Freundin Opfer eines Verbrechens geworden war.

»Also Mord!«, schrie Sandra Rossberg und riss die Augen auf.

Bente nickte. »Wann haben Sie sie zuletzt gesehen?«

»In der Nacht zu Sonntag, wir hatten die Samstagabendschicht, die geht bis 23 Uhr und dann wird noch Kasse gemacht.«

»Hat sie irgendetwas vorgehabt oder erzählt, mit wem sie sich treffen wollte?«

Rossberg schüttelte den Kopf.

»Hatte Melanie einen Freund?«

»Es gab da mal jemanden, aber das ist schon über ein halbes Jahr her.«

»Haben Sie den Namen und eine Adresse?« Heike zückte ihr Handy.

»Tim, weiter weiß ich nicht. Ich glaube, er wohnt in Tinnum. Das habe ich schon Ihrem Kollegen auf der Wache gesagt.«

Kurz überlegte Bente, ob sie der geschockten Mitbewohnerin auch das Foto des Selbstmordopfers zeigen sollte, entschied sich aber dagegen. Um herauszufinden, ob es sich bei dem Opfer um den Ex-Freund handelte, würde sie beim Einwohnermeldeamt in Westerland anfragen. So viele Tims in dem Alter konnte es auf der Insel nicht geben. Die junge Frau hatte genug durchgemacht. Sie bot ihr an, sie nach Hause zu fahren, aber sie lehnte ab.

»Eine Frage noch, Frau Rossberg. Besaß Ihre Freundin ein Auto?«

Stumm blickte sie die beiden Kommissarinnen an und schüttelte schließlich langsam den Kopf. Bente bemerkte ihr Zögern und den angespannten Kiefer. »Sie leiht sich manchmal eins, aber meistens fährt sie mit mir.«

Bente wusste, dass das Zögern etwas zu bedeuten hatte. Heike übernahm das Gespräch, damit ihre Chefin sich auf die Mikroexpressionen im Gesicht der jungen Frau konzentrieren konnte. Sie waren ein eingespieltes Team.

»Wie lange wohnten Sie zusammen, Frau Rossberg?«, Heike stellte einfache Fragen, um eine Art Vertrauensverhältnis aufzubauen und ihr Gegenüber im Redefluss zu halten.

»Seit etwas über einem halben Jahr. Es klappt ganz gut mit Mel und mir.«

»Und wo wohnen Sie?«

»Wir teilen uns ein Apartment in Wenningstedt.« Jäh wurde Sandra Rossberg bewusst, dass sie von ihrer Mitbewohnerin noch im Präsens sprach und schluckte die aufsteigenden Tränen hinunter.

»Kannten Sie sich von früher oder haben Sie sich erst hier auf der Insel kennengelernt?«

Fahrig nestelte sie an der knöchellangen Schürze herum, löste den Knoten und knüllte den Stoff zusammen.

Heike räusperte sich.

»Entschuldigen Sie, wie war die Frage, das ist alles zu viel für mich«, seufzte die junge Frau und stopfte die Schürze in einen Spind.

»Wo haben Sie sich kennengelernt?«, wiederholte Heike ihre Frage.

»Hier, wir haben uns hier bei der Arbeit kennengelernt«, winkte sie ab. »Wenn Sie nichts dagegen haben, würde ich jetzt gern nach Hause fahren und allein sein.«

Bente wusste, dass Menschen vollkommen unterschiedlich auf die Nachricht vom Tod eines geliebten Menschen reagierten, aber irgendetwas, ein Wort, ein Zögern oder das Fehlen eines solchen, erweckte Zweifel in Bente.

»Wir haben vollstes Verständnis dafür, Frau Rossberg, aber wir müssen einen Blick in das Zimmer von Melanie Reiterer werfen. Wir folgen Ihnen einfach, es dauert nicht lange«, sagte sie verbindlich.

»In unser Apartment?«

»Ja! Ist das ein Problem für Sie?«

Sandra Rossberg sah unschlüssig von einer zur anderen. »Bei uns ist nicht aufgeräumt.«

Heike legte ihren Kopf schief und grinste. Sie trennten nur ein paar Jahre und irgendwie verband sie das. »Egal, wir gucken anders als Ihre Mutter, uns interessiert nur, ob es Hinweise gibt, die uns zu dem Täter führen könnten!«

Zwanzig Minuten später traten sie in das Apartment in Wenningstedt. Bente traute ihren Augen nicht. Der Job im Fischimbiss war nichts anderes als Makulatur!

Kapitel 11

Als am nächsten Tag die Dämmerung einsetzte, hatten sich die regenschweren Wolken verzogen. Der Horizont leuchtete in den unterschiedlichsten Rottönen.

Der monotone Laufschritt brachte Klarheit in die Gedanken. An den Graffitiwänden vorbei führte die Strecke in den Stranddistelweg, von dort die Treppen am *Beachhouse* hinunter zum Strand und schließlich die Kurpromenade entlang bis zum Bäcker in der Strandstraße. Während die Verkäuferin den üblichen Coffee to go bereitete, normalisierte sich der Puls. Auf dem Rückweg war die Bank mit Blick auf die Nordsee frei und lud zu einer Pause ein. Der Spaziergang am Strand war nicht weniger anstrengend als das Joggen, aber eine heiße Dusche würde die Muskulatur lockern. Es war ein allmorgendliches Ritual und erforderte eiserne Disziplin, insbesondere im Winterhalbjahr. Sich zu bewegen, den Körper zu fordern und die Atmung zu kontrollieren half, die Wut zu bändigen und die Schuldgefühle zu verdrängen.

Zu Hause wartete ein Leben, das der Erinnerung zu sehr ähnelte, ein Dasein, das eine Leere in sich barg, die nicht mit Liebe zu füllen war.

Kapitel 12

Mel ist tot!« Mit diesen Worten stürmte sie auf ihn zu und trommelte mit ihren Fäusten auf seinen Brustkorb ein. »Was hast du getan?«, schrie sie. »Sie haben ihre Leiche in den Dünen gefunden!«

Im nächsten Moment traf seine flache Hand klatschend auf ihre Wange und sie verstummte. Die Überraschung und der Schrecken waren größer als der Schmerz, der mit einiger Verzögerung einsetzte.

»Sei still!«, fauchte er wütend. »Wage es nicht, mich als Mörder hinzustellen!«

Geschockt stand sie vor ihm und starrte ihn an. Sein Blick verriet keinerlei Emotionen und sie spürte eine bedrohliche Kälte von ihm ausgehen. Hatte sie überhaupt erwähnt, dass Mel ermordet worden war? Plötzlich wurde sie sich ihrer Wehrlosigkeit bewusst. Wenn er tatsächlich für Mels Tod verantwortlich war, befand sie sich in großer Gefahr, in Lebensgefahr.

Unsicher trat sie zwei Schritte zurück, murmelte eine halbherzige Entschuldigung und griff zur Türklinke. Sie musste hier weg!

»Du bleibst hier!«, zischte er. Die Aggressivität in seiner Stimme ließ keinen Widerspruch zu.

»Wo ist der Wagen?«

Sie zuckte mit den Schultern. Auf keinen Fall durfte sie ihm von ihrem Besuch bei der Polizei und den beiden Kommissarinnen erzählen. Andererseits lag es auf der Hand, dass sie, als Mitbewohnerin und Arbeitskollegin von Mel, befragt würde.

Als ob er ihre Gedanken lesen konnte, fragte er: »War die Polizei schon bei dir?«

Sie zuckte zurück und nickte nur stumm. Für einen Moment schloss sie die Augen und verzog das Gesicht, aus Angst vor einer erneuten Ohrfeige.

»Was hast du denen gesagt?« Er ließ sie keinen Moment aus den Augen.

»Nichts natürlich! Was hätte ich denn sagen sollen?«

Sie sah, wie er die Hand hob, und zuckte zurück. Grinsend ließ er sie wieder sinken. »Das war nicht die Frage, Sandra!«,

»Ich habe nur gesagt, dass wir zusammen wohnen, aber das wussten die schon.« Tränen traten in ihre Augen und sie stammelte angsterfüllt: »Sie waren in der Wohnung.«

»Haben sie es gesehen?«

»Nein, ist ja auch gut versteckt. Es war schließlich keine Hausdurchsuchung.«

Nachdenklich kniff er die Augen zusammen. Die Ausrüstung musste aus dem Apartment verschwinden, bevor noch mehr Schnüffler dort auftauchten. Sandra musste das erledigen und der Wagen musste verschwinden. Auf keinen Fall durfte er selbst aktiv werden und eine Begegnung mit der Polizei riskieren! »Ich hab‘s mir überlegt. Deine Idee mit der Pause ist nicht schlecht, zumindest für ein paar Tage.«

»Wir sollten ganz damit aufhören. Mel ist tot!«, reagierte sie ablehnend.

»Du willst aufhören?« Er starrte sie durchdringend an. Seine Augen waren dunkel und kalt. Hastig schüttelte Sandra den Kopf. »Nein, nein, ich meine nur erstmal, also bis Gras über die Sache gewachsen ist«, stotterte sie. Auch Mel hatte aufhören wollen und jetzt war sie tot. Ermordet.

»Ich habe schon eine neue Mitbewohnerin für dich im Auge.«

»Was? Mel ist noch nicht mal unter der Erde und du willst ihr Zimmer mit einer Neuen besetzen?«, keifte sie empört.

»Vorsicht!«, brummte er und winkte drohend mit der geballten Faust. »Das Apartment kostet ein Vermögen, das muss erarbeitet werden!«

Sandra straffte die Schultern und schluckte ihre Angst tapfer herunter. »Egal, was du vorhast, ich höre auf!«, verkündete sie mit fester Stimme und verschränkte die Arme vor der Brust.

Ohne auf sie einzugehen, drehte er sich um und dachte: Ja, das wirst du!

Kapitel 13

Bente war früh aufgestanden und mit Ulrike an den Strand gegangen. Ihr Apartment im Herzen von Westerland befand sich in einer Seitenstraße der Friedrichstraße. Der einzige Vorteil ihrer Wohnung war die fußläufige Entfernung sowohl zum Strand als auch zur Dienststelle in der Stephanstraße. Lediglich einige Jogger und Hundebesitzer stapften durch den Sand, aber der Regen hatte aufgehört und es versprach, ein schöner Tag zu werden. Zumindest vom Wetter her.

Mit einem Coffee to go in der Hand sah sie auf das Meer. Sie dachte an Melanie Reiterer und Sandra Rossberg. Das Apartment passte nicht in das Bild von zwei im Fischimbiss jobbenden, jungen Frauen. Trotz aller Bemühungen seitens Frau Rossbergs das supermoderne, mit allem Luxus ausgestattete Apartment kleinzureden, musste die Miete höher als ihr eigenes Monatseinkommen sein! Ob dahinter wohlhabende Eltern oder ein lukrativer Zweitjob steckte, würden sie heute herausfinden. Heike hatte auf dem Rückweg zur Wache von Youtubern berichtet, die mit ihren Blogs mehr Geld verdienten als manch Profifußballer. Verrückte Welt, dachte Bente und lachte laut auf. Sie hörte sich wie ihre eigene Oma an!

Ulrike lief zwischen den Joggern umher und versuchte, den Möwen nachzujagen, die genervt aufflogen und zwanzig Meter weiter wieder landeten.

Als sie vor dem Containerbau der Polizei angekommen war, ging ihr Hansens Neuigkeit durch den Kopf. Seine Tochter Silke war eine spätgebärende Mutter und Hansen somit ein relativ alter Opa. Sie wünschte ihm von Herzen, dass er sein Enkelkind noch lange begleiten würde.

Ein Schwall schlechter, abgestandener Luft schlug ihr im Büro entgegen. Sie riss die Fenster auf, schaltete die Kaffeemaschine ein und fuhr ihren Rechner hoch.

Ein aufploppendes Icon zeigte ihr den Erhalt mehrerer E-Mails an. Eine mit dem Absender der KTU Kiel interessierte sie besonders. Die forensische Abteilung hatte die Luger untersucht. Laut der Ballistiker handelte es sich um eine Produktion der *Mauserwerke* von 1934. Bente scrollte weiter nach unten. Die Munition stammte aus einer neueren Produktion, die nicht auf die Luger abgestimmt war. Waffe und Magazin konnten dank sehr guter Pflege als Sammlerstück gelten. Der letzte Satz bestätigte Flackners Aussage. Mit dieser Waffe waren zwei Schüsse abgegeben worden.

Timme, Klemme und Heike betraten gleichzeitig das Büro. Bente hatte eine Lagebesprechung angekündigt und nachdem alle einen Becher Kaffee vor sich stehen hatten, stellte sie sich an das Clipboard. »Wie wir mittlerweile wissen, war Melanie Reiterers Exfreund der sechsundzwanzigjährige Tim Liezen. Er ist der Tote vom Alten Schöpfwerk! Wir haben in seiner Wohnung ein iPad sichergestellt, wie weit bist du damit, Klemme?«

»Ich fahr gleich zu Flackner, um es mit dem Fingerabdruck des Toten zu entsperren.«

Heike schüttelte sich. »Abgefahren!«, murmelte sie leise.

Bente nickte. Sie hatten in der winzigen Einzimmerwohnung keinerlei Fotos entdeckt, was in dieser Altersklasse normal war. Fotos wurden in digitaler Form auf Handy, Festplatte oder in einer Cloud gespeichert.

»Ich habe bei der Bundesnetzagentur die Rufnummern gecheckt. Beide Toten hatten ein Handy, was auch zu erwarten war. Ich warte auf eine Standortbestimmung, wann und wo sie eingeloggt waren, dann lässt sich ein Bewegungsprofil erstellen.«

Bente schrieb Handys in einen Kreis und versah die Zeichnung mit einem dicken Fragezeichen. »Dass Liezen kein Handy bei sich trug, ließe sich mit der Selbstmordabsicht begründen, aber dann hätten wir es in seiner Wohnung finden müssen. Bei Reiterer liegt der Verdacht nahe, dass ihr Mörder das Handy an sich genommen hat, um eine Spur zu ihm zu verwischen. Auf jeden Fall würde uns der Besitz dieser beiden Handys helfen!«, seufzte sie. »Wir haben gestern das Apartment gesehen, das Reiterer und Rossberg sich teilten.«

Heike pfiff anerkennend durch die Zähne. »Alle Achtung, das passt überhaupt nicht zu zwei Kellnerinnen, die für'n Mindestlohn bei *Gosch* jobben!«

Klemme und Timme sahen auf.

»Die wohnen in der obersten Etage einer sehr luxuriösen Wohnanlage in Wenningstedt mit Blick über die Dünen, inklusive Jacuzzi auf der Dachterrasse!«

»Ich check den Eigentümer, vielleicht gehört sie den Eltern von einer der beiden«, sagte Timme eifrig.

»Apropos Eltern, ich war gestern Abend noch bei den Liezens in Hörnum. Tim war ihr einziges Kind und die Nachricht seines Todes hat ihnen den Boden unter den Füßen weggezogen. Er war weder suizidal auffällig noch in einer schwierigen Phase. Ich habe eine Liste von Freunden, beziehungsweise Kollegen, die wir befragen werden. Die Kollegen aus Holzminden haben die Eltern von Melanie Reiterer aufgesucht. Das lief ähnlich ab, es ist wirklich der schwierigste Teil unseres Jobs!«

Heike seufzte tief auf. »Wie schrecklich!«

Bente nickte. Es war immer schlimm, die Familie über den Tod eines Mitglieds zu informieren, aber Eltern mitteilen zu müssen, dass ihr Kind tot aufgefunden wurde, führte an die Grenze der psychischen Belastungsfähigkeit. Sie wandte sich an Klemme und Timme: »Findet heraus, ob Melanie Reiterer einen Wagen fuhr. Sandra Rossberg hat bei der Frage nach einem Auto gelogen. Da gibt es offenbar irgendein Problem!«

Flackner rief auf Bentes Handy an. Er hatte auf einen Videocall verzichtet. Offenbar bemühte er sich nach der Standpauke von gestern um respektvollen Umgang mit den Toten.

»Morgen, Flackner!«, begrüßte sie ihn und stellte auf Lautsprecher.

»Moin, zusammen, ich habe den abschließenden Obduktionsbericht per Mail gesandt. Es gibt keine Spuren auf Geschlechtsverkehr oder sexuellen Missbrauch.«

»Wieso war sie dann entkleidet?«, fragte Bente in die Runde, aber alle schüttelten achselzuckend den Kopf.

»Es muss einen Grund geben, weshalb ihr Mörder sie ausgezogen hat!«, murmelte Bente, aber auch ihr fiel keiner ein.

»Es befinden sich Blutspuren am Kleid. Sie stammen von der Toten, aber ich habe keine Risse im Stoff oder

Druckstellen am Körper gefunden, die auf einen Kampf deuten. Offenbar hatte sie den tödlichen Schlag nicht erwartet.«

Bente legte die Stirn in Falten. »Aber warum wurde sie entkleidet?«

»Es gibt Menschen mit Vorlieben, die wir nicht verstehen können«, brummte Flackner. »Vielleicht wollte ihr Mörder sie nur nackt sehen?«

»Du denkst an einen Triebtäter?«, fragte Heike.

»Ist nur ein Gedanke, aber das herauszufinden, ist euer Job!«

»Das passt nicht!« Bente runzelte die Stirn. »Unsere beiden Leichen waren bis vor ungefähr sieben Monaten ein Paar, alles spricht dafür, dass die Morde in einem Zusammenhang stehen!«

»Stimmt, am wahrscheinlichsten ist ein Eifersuchtsdrama, oder? Liezen bringt seine große Liebe um und richtet danach sich selbst, so in der Art?« Klemme sah von seiner Tastatur auf.

Bente war immer wieder erstaunt, wie er es schaffte, am Computer zu arbeiten und gleichzeitig einem Gespräch zu folgen. »Du bist der einzige Mann, der multitaskingfähig ist!«

»Ich dich auch, Chefin!«, erwiderte er mit dem Anflug eines Grinsens.

»Oder der junge Mann hat sich erschossen, als er vom Tod seiner Exfreundin erfahren hat?«, äußerte Flackner seinen Gedanken.

Bente schüttelte den Kopf. Irgendetwas störte sie an den vorgebrachten Theorien. »Als Anka klein war, haben wir häufig *Vier Gewinnt* gespielt«, murmelte sie nachdenklich.

Alle sahen sie fragend an. Worauf wollte die Leiterin der Kripo Sylt hinaus?

»Ich habe sie absichtlich gewinnen lassen, aber irgendwann war es wohl zu offensichtlich und sie hat es durchschaut.« Die Erinnerung an Anka im Kindesalter zauberte ihr für einen Moment ein verklärtes Lächeln ins Gesicht.

»Was willst du uns damit sagen, Brodersen?«, fragte Heike neugierig.

»So fühle ich mich gerade!«

»Wie Anka?«, bohrte Heike weiter.

»Ja, hier lässt uns gerade jemand gewinnen!«

»Du denkst, wir werden auf eine falsche Fährte gelockt?«

Bente nickte. »Die Lösung ist mir zu einfach, außerdem würde Liezen seine geliebte Freundin nicht ausziehen, nachdem er sie getötet hat, oder?«

»Ja, klingt einleuchtend, außerdem gibt es weder einen Abschiedsbrief, wie es bei Selbstmördern häufig der Fall ist, noch haben wir ein Handy bei den Leichen gefunden!«, stimmte Timme zu.

Heike ergriff das Wort: »Also muss es irgendein anderes Motiv für diese beiden Morde geben, denn wir gehen doch bei Liezen auch von einem Mord aus, oder?«

Bente konzentrierte sich mit gesenktem Blick auf die Informationen und hob schließlich den Blick. Alle Kollegen sahen sie erwartungsvoll an. »Wenn jemand für uns diese falsche Fährte gelegt hat, ist die Ausführung entweder hektisch oder dumm gewesen. Die Theorie eines Eifersuchtsdramas haben wir nach nicht mal zehn Minuten ad absurdum geführt! Hat der Mörder das vielleicht auch einkalkuliert?«

Kapitel 14

Am Nachmittag traf unerwarteter Besuch ein. Eine Frau mit hochgesteckten, braunen Haaren und Trenchcoat betrat die Dienststelle. »Kriminalhauptkommissarin Brodersen?«, wandte sie sich an Bente, die sich von ihrem Platz hinter dem Schreibtisch erhob und fragte: »Ja, was kann ich für Sie tun?«

Die Frau überreichte ihr eine Visitenkarte. »Karin Kessler«, stellte sie sich vor.

»Staatsanwältin des Landgerichts Flensburg?« Bente hielt die Karte in der Hand und hob überrascht die Augenbrauen.

»Können wir irgendwo ungestört …?« Kessler wies mit der Hand auf das beengte Containerbüro.

»Ja, es gibt in unserer Behelfsbehausung einen Besprechungsraum! Möchten Sie Kaffee?«

»Tee, bitte!«, lächelte sie dankbar und folgte ihr in den Nachbarcontainer.

Bente setzte sich neugierig gegenüber der Mittvierzigerin an den großen Tisch und musterte sie unauffällig. Was hatte es mit diesem Besuch auf sich?

»Wir ermitteln in einem Fall von Korruption auf Ebene der Landespolitik«, eröffnete Kessler ohne Umschweife das Gespräch. »Uns sind von den Finanzämtern Unregelmäßigkeiten gemeldet worden, die ausschließlich Konten von Landes- und Regionalpolitikern betreffen.«

»Und Ihre Spur führt hier nach Sylt?«

»Ja, passenderweise wird ja von der Insel der Schönen und Reichen gesprochen!«, lachte Kessler.

»Sagt man, aber hier leben ganz normale Menschen«, erwiderte Bente. Sie hatte in den letzten Jahren einen Einblick in die Welt der vom Tourismus gebeutelten Einheimischen bekommen.

»Ja, natürlich verfolge ich die Mietexplosion hier bei Ihnen in der Presse, da hätte die Politik längst einen Riegel vorschieben müssen, aber wo sich die Schönen und Reichen aufhalten, tummeln sich auch die Mächtigen.«

»Okay, ich bin ganz Ohr. Worum geht es?«, hakte Bente nach und nippte an ihrem Kaffee.

»Es handelt sich um Korruption, allerdings wissen wir noch nicht, welcher Zweck dahinter steckt.« Karin Kessler stützte sich mit den Unterarmen auf dem Tisch auf und beugte sich vor. »Über zwei Dutzend Politiker und öffentliche Amtsträger stehen im Verdacht, daran beteiligt zu sein.«

»Beteiligt an was?«

»Das genau ist die Frage! Es handelt sich um Zahlungen an eine gemeinnützige Organisation.«

»Sie sprechen in Rätseln, Frau Kessler.«

Sie nickte und fuhr fort: »Der *Verein zur Erhaltung des norddeutschen Kulturgutes* ist Empfänger mehrerer hunderttausend Euro, ausnahmslos von Politikern angewiesen.«

»Das hört sich für mich lobenswert an, wo ist der Haken?«

»Nun ja, der Verein ist auf den ersten Blick ein gemeinnütziger Verein, allerdings operiert er vom Ausland aus, genauer gesagt, von Irland.«

»Die Erhaltung des norddeutschen Kulturgutes wird von Irland aus gemanagt?«, staunte Bente. Ihr war nicht klar, welche Aufgabe dieser Verein wahrnahm.

»Im Grunde genommen wären diese Zahlungen nicht aufgefallen, aber zufällig ist der zuständige Mitarbeiter beim Finanzamt selbst Mitglied des *Vereins zur Erhaltung des nordfriesischen Kulturgutes.* Allein aus Neugier, worin die Unterschiede dieser namentlich fast identischen Vereine bestünden, hat er Nachforschungen angestellt. Und ist auf ein wirtschaftskriminelles Netzwerk gestoßen.«

Bente lachte leise auf. »Zum nordfriesischen Kulturgut gehören Fischbrötchen, Gummistiefel und eine ausgeprägte Wortkargheit, das habe ich mittlerweile gelernt.«

Karin Kessler schmunzelte. »Eine Sondereinheit der Staatsanwaltschaft hat monatelang recherchiert und es besteht Grund zur Annahme, dass die Fäden hier auf Ihrer Insel zusammenlaufen.« Die Staatsanwältin zog ein iPad aus ihrer Tasche, gab den Sperrcode ein und schob es quer über den Tisch.

Bente überflog die Liste mit den vielen Namen, von denen ihr einige etwas sagten. »Puh, das ist ja wirklich eine illustre Gesellschaft, die Sie hier zusammengestellt haben!«

Kessler nickte ernst. »Bei Korruption wird die Staatsanwaltschaft der Landgerichte eingeschaltet, aber wir konnten keinerlei Verbindungen zwischen den einzelnen Personen finden.«

»Und was führt Sie jetzt nach Sylt?«

»Da muss ich etwas ausholen: Auf das Konto dieses Vereins in Irland haben die Personen von der Liste Geld eingezahlt, aber es gibt keine Ausgaben, die von diesem Konto abgehen. Als Vereinsgründer konnten wir einen gewissen Slawo Nowak ausmachen, der vor acht Jahren in Danzig verstorben ist. Der Verein wurde allerdings erst vor eineinhalb Jahren gegründet!« Kessler öffnete eine Datei auf ihrem iPad und präsentierte Bente das Foto eines polnischen Reisepasses, ausgestellt auf Slawo Nowak.

»Okay, das passt natürlich nicht zusammen. Aber mich wundert, dass ein in Irland gegründeter Verein hier in Deutschland als gemeinnützig anerkannt wird, wie geht das?«, hakte Bente interessiert nach.

»Ist er nicht, aber es hat den Anschein.«

Wo und wie Vereine beim Finanzamt steuerlich erfasst wurden, entzog sich Bentes Kenntnis. Sie schüttelte verwirrt den Kopf. »Klären Sie mich auf, Frau Kessler!«

»Sehen Sie, ganz offensichtlich wurde dieser ominöse Verein mit der Identität eines Verstorbenen gegründet. Die Bankverbindung ist aus Serbien, das Land nimmt nicht am europäischen Informationsaustausch teil. Ein Antrag auf Kontoinformationen an die serbischen Behörden ist gestellt, aber das nimmt eine halbe Ewigkeit in Anspruch.« Karin Kessler wischte erneut über das Display. »Wir haben eine Auflistung aller Projekte, an denen besagte Politiker arbeiten oder in die sie involviert sind. Auch hier haben wir keinerlei Querverweise zu diesem Verein gefunden, die den Korruptionsverdacht erhärten würden.«

»Wenn Sie keine Spur haben, was führt Sie dann nach Sylt?«

»Wir haben eine Rechnung für einen Mietwagen zurückverfolgt. Bezahlt von dem serbischen Konto des Vereins.«

»Und dieser Mietwagen ist hier auf der Insel angemietet worden?« Bentes Neugier war geweckt.

»Nein, aber die Mieterin ist in Wenningstedt gemeldet.« Die Staatsanwältin reichte Bente das iPad. Auf dem Display war ein Foto des Personalausweises von Melanie Reiterer.

Kapitel 15

Eine knappe Stunde später fuhr Bente mit der Staatsanwältin Richtung Hörnum zum Fundort von Melanie Reiterers Leiche. Sie berichtete von den zwei Toten und den bisherigen Ermittlungen. Als sie auf den Parkplatz einbogen, sprang Bente die dunkle A-Klasse mit dem gesuchten Kennzeichen sofort ins Auge.

Sie rief Flackner an, damit er mit seinem Team das Auto untersuchte. Außerdem informierte sie die Wache über den Fund des Wagens und wies eine erneute Absperrung des Parkplatzes an. Dann umrundete sie den Mercedes, hockte sich hin und sah unter das Fahrzeug. »Hier können wir nicht viel tun, die KTU wird sich darum kümmern. Sobald die Kollegen eintreffen, fahren wir nach Wenningstedt und statten Sandra Rossberg einen Besuch ab.« Bente ließ Ulrike aus dem Bulli und ging auf die andere Straßenseite. Als sie den Streifenwagen von Weitem sah, kehrte sie auf den Parkplatz zurück und startete den Motor. Karin Kessler beendete ein privates Telefonat und nickte ihr tatendurstig zu. »Ich bin gespannt, was diese Mitbewohnerin uns erzählen kann!«

Das Klingeln an der Tür des Apartments blieb erfolglos. Niemand öffnete die Tür.

Bente griff zu ihrem Handy, googelte die Nummer von *Gosch* in List und fragte, ob Sandra Rossberg Dienst hatte. Der Mitarbeiter teilte ihr mit, dass sie erst in drei Tagen wieder auf dem Plan stand. Für die Herausgabe der Handynummer verlangte der junge Mann, dass sie die Videokamera einschaltete und ihm ihren Dienstausweis zeigte. Als sie ihren Ausweis vor die Linse hielt, forderte er sie auf, ihr Gesicht neben das Ausweisfoto zu halten, und Bente platzte der Kragen: »Sie behindern gerade meine Ermittlung! Geben Sie mir die Nummer von Sandra Rossberg oder ich lasse sie aufs Revier bringen!«

Karin Kessler unterdrückte ein Lachen, als der Mitarbeiter grinsend antwortete: »Safety first, Frau Brodersen, was glauben Sie, zu welchen Tricks die Gäste greifen, um an die Adressen oder Telefonnummern meiner Kolleginnen zu kommen?«

Bente atmete tief durch. »Okay, aber jetzt brauch ich die Nummer!«

Sandra Rossberg nahm den Anruf nicht entgegen. Bente hinterließ eine Bitte um sofortigen Rückruf auf der Mailbox.

Kessler griff ihrerseits zum Handy. »Dann werde ich für einen Durchsuchungsbeschluss sorgen!«

»Sie muss ich mir warmhalten«, grinste Bente.

»Rufen Sie schon mal den Schlüsseldienst!«, raunte sie ihr zu, während sie einem Richter den Sachverhalt schilderte. »Danke, faxen Sie den Beschluss an die Sylter Dienststelle«, beendete sie das Telefonat und sah zufrieden aus.

Bente hatte in der Zwischenzeit einen Streifenwagen zur Unterstützung angefordert und Heike ebenfalls zur Wohnungsdurchsuchung nach Wenningstedt beordert.

Als der Schlüsseldienst die Haustür geöffnet hatte, trat Bente vorsichtig in den Flur und bedeutete der Staatsanwältin, zu warten, bis sie sich vergewissert hatte, dass keine Gefahr drohte. Kurze Zeit später winkte sie Heike und Kessler hinein.

»Alle Achtung, als Kellnerin auf Sylt lebt es sich nicht schlecht«, rief Karin Kessler erstaunt und sah fasziniert auf die Dünenlandschaft und das glitzernde Wasser der Nordsee.

Sie suchten nach Dokumenten und Ausweispapieren.

»Sieht so aus, als sei hier hektisch gepackt worden!«, meldete sich ein Kollege aus dem Schlafzimmer von Sandra Rossberg.

Bente ging zu ihm und sah den offenstehenden Schrank, in dem alle Kleiderbügel fehlten. Auch zwei Schubladen einer Kommode waren leer.

»Die Wohnung gehört einem Unternehmer aus Düsseldorf. Sie wurde vor knapp drei Jahren für 4200 Euro im Monat angemietet«, berichtete Heike von Timmes Recherchearbeit.

»Puh, das ist ja 'n Schnapper!« Bente stöhnte ungläubig auf. »Aber laut Einwohnermeldeamt wohnte Melanie Reiterer erst seit acht Monaten hier und Sandra Rossberg seit knapp eineinhalb Jahren.«

Heike nickte. »Der Mietvertrag läuft auf einen Slawo Nowak«, las Heike von ihrem Handy ab.

Bente sah Karin Kessler verärgert die Stirn runzeln. Sie presste zwischen geschlossenen Lippen ein Stöhnen hervor.

»Soweit zu staatsanwaltlichen Ermittlungen. Dieses Mietverhältnis ist uns nicht bekannt gewesen!«, seufzte sie.

Bente wies Heike an, die KTU in die Wohnung zu rufen. Sie brauchte jede kleinste Spur, DNA oder Fingerabdrücke, um den ganzen Fall neu zu bewerten. »Und lass Sandra Rossberg zur Fahndung ausschreiben. Ich habe Fragen!«

Als Flackners Team eintraf, verließen Bente, Heike und die Staatsanwältin die Wohnung.

Vor der Tür informierte Bente ihre junge Kollegin über den Korruptionsfall.

Heike staunte, dann murmelte sie nachdenklich: »Wir sollten trotzdem noch eine andere Möglichkeit in Betracht ziehen.«

»Die wäre?«

»Als ich mich im Bad umgesehen habe, fiel mir auf, dass ein Parfum von Tiziana Terenzi dort steht. Laut Google kostet genau dieser Flakon knapp achthundert Euro. Den lässt doch keine Frau stehen, wenn sie ihre Sachen packt und verschwindet, oder?«

»Achthundert Euro für ein Parfum? Was übersehen wir hier? Womit haben diese beiden Frauen so viel Geld verdient?« Bente stampfte gefrustet mit dem Fuß auf.

»Es sieht aus, als ob Sandra Rossberg überstürzt gepackt hat und geflüchtet ist. Wahrscheinlich aus Angst, dass sie das nächste Opfer sein könnte.«

»Ich werde das Gefühl nicht los, dass wir wie Marionetten einer falschen Spur folgen«, grummelte Bente. »Fahr mit einem Kollegen von der Wache nach List zu *Gosch*. Ich will von jedem Kontakt, den Rossberg und auch Reiterer hatten, wissen! Irgendwo müssen wir ansetzen. Wer auch immer sich als Slawo Nowak ausgibt, er muss irgendwie in Kontakt zu den beiden getreten sein.«

»Ich begleite Sie«, wandte die Staatsanwältin sich an Heike, die fragend Bente ansah.

»Sie sind mir nicht unterstellt, Frau Kessler, das ist allein Ihre Entscheidung. Wir sehen uns in zwei Stunden zur Lagebesprechung im Büro! Ihr nehmt mein Auto, ich gehe zu Fuß zurück.« Bente ließ Ulrike aus dem Bulli und ging den Holzweg durch die Dünen Richtung Wasser. Sie brauchte den Wind, die Wellen und die salzige Seeluft, um ihre Gedanken zu ordnen. Die LED-Anzeige am Strand zeigte Uhrzeit, Luft- und Wassertemperatur an. Trotz des tagelangen Regens hatte die Nordsee noch fünfzehn Grad. Ulrike tobte bereits in der Brandung. Kurzentschlossen zog Bente Schuhe und Socken aus, krempelte ihre Hose bis zu den Knien hoch und ließ das Wasser um ihre Knöchel spülen.

Als ihr Handy klingelte und sie es aus der Hosentasche zog, fiel ein Schuh ins Wasser. Sie rief Ulrike und zeigte darauf. »Tragen!«, forderte sie die Hündin auf, die begeistert den nassen Turnschuh in die Schnauze nahm und mit stolz erhobenem Kopf ihre Beute trug.

»Flackner, was gibt's?« Bente stellte auf Lautsprecher und setzte ihren Weg fort.

»Du hältst meine Jungs ganz schön auf Trab. Zwei Leichen, der Wagen am Parkplatz und jetzt die Wohnung in Wenningstedt!«

»Was willst du? Auf den Arm? Kannst du vergessen!«, entgegnete sie grinsend.

»Ich weiß! Im Wagen haben wir die Fingerabdrücke von Melanie Reiterer sichergestellt. Zudem zahlreiche andere, die von der Größe her zu Männern gehören. Kein einziger von denen ist in unserer Datenbank hinterlegt.«

»Das wundert mich nicht, bei einem Mietwagen war nichts anderes zu erwarten, oder?«

»Ja, außerdem haben wir DNA-Spuren gefunden!«

Bente rollte genervt mit den Augen. Flackners dramatische Art, sich häppchenweise für seine Ergebnisse feiern zu lassen, nervte. Stur schwieg sie, bis Flackner verunsichert fragte: »Bist du noch dran?«

»Ja, ich warte.«

»Mensch, Brodersen, ich werd nicht schlau aus dir. Du bist wie Ebbe und Flut, nur nicht so vorhersehbar!«

Bente grinste in sich hinein. Auch wenn es Flackner nicht bewusst war, aber sie empfand diesen Vergleich als Kompliment.

»Es sind Spermaspuren auf dem Beifahrersitz.«

»Sagtest du nicht, es gibt keine Spuren auf Geschlechtsverkehr vor ihrem Tod?«

»Korrekt!«

»Aber...?«

»Das Sperma ist älter. Wie alt, lässt sich nicht so genau bestimmen wie ein Todeszeitpunkt.«

»Okay, ich brauch den DNA-Abgleich mit Tim Liezen, schnellstmöglich!« Bente legte auf und ging barfuß die Brandenburger Straße entlang zur Wache. Einige Passanten lächelten beim Anblick von Ulrike mit dem Schuh im Maul.

Kapitel 16

Als er an diesem Nachmittag nach Hause kam, spürte sie seine Aufregung. Hektisch checkte er sein iPad und Handy. Sie wusste, wonach er suchte. Obwohl er sich bemühte, seine Aktivitäten vor ihr zu verbergen, kannte sie sein Geheimnis. Abwartend beobachtete sie seine Reaktion. Heute war der Name der Toten aus den Dünen in der Zeitung veröffentlicht worden. Melanie R. stand in dem Bericht, aber er würde wissen, um wen es sich handelte.

Ruhig räumte sie das saubere Geschirr aus der Spülmaschine in die Schränke, ohne ihren Blick von ihm abzuwenden. Seine Gedanken standen ihm ins Gesicht geschrieben, er war ein schlechter Schauspieler. Sie unterdrückte ein nervöses Lachen. Er hatte Angst, dass die Polizei eine Spur zu ihm finden würde.

Plötzlich hob er den Blick und sah sie direkt an.

Sie zwang sich, zu lächeln. »Ist alles in Ordnung?«, fragte sie besorgt.

Er winkte ab. »Es ist nichts, nur wieder der ganz normale Politikalltag!« Seine übertriebene Mimik entlarvte die Lüge. Sie hatte sich daran gewöhnt, dass er nicht über seine Arbeit sprach. Als Landrat des Kreises Nordfriesland und in seiner Eigenschaft als zweiter stellvertretender Bürgermeister von Westerland war er oft unterwegs. Außerdem brachten ihm die öffentlichen Ämter finanzkräftige Klienten für seine Rechtsanwaltskanzlei.

Sie hatte sich nie sonderlich für die Finanzen interessiert. Bis ihr vor einigen Monaten der Ordner mit Kontoauszügen von seinem Schreibtisch gefallen war. Beim Zurücklegen war ihr Blick auf eine hohe Summe gefallen, die er an einen Verein gezahlt hatte. Mit steigender Panik war sie die Kontobewegungen durchgegangen. Seitdem hatte sie Nachforschungen angestellt. Er schöpfte keinen Verdacht.

»Hast du das von dieser schrecklichen Tragödie gehört?«, fragte sie beiläufig.

Er sah sie verdutzt an, als ob ihn ihre Anwesenheit überraschte, so sehr war er in Gedanken versunken.

»Na, diese ermordete Frau, die in den Dünen gefunden wurde.«

Kurz blitzten seine Augen auf. »Ja, das habe ich überflogen, armes Ding!«

»Ich dachte, du kennst sie vielleicht?«

Er erstarrte in der Bewegung. »Wie kommst du darauf?«, fragte er mit schlecht gespielter Empörung.

»Na, in der Zeitung steht, dass sie bei *Gosch* oben in List gearbeitet hat. So oft, wie du da bist, hat sie dich bestimmt schon mal bedient, oder?«

Erleichtert stieß er den angehaltenen Atem aus. »Mag sein, aber irgendwie achte ich nie auf die Kellnerinnen, wenn ich essen gehe.«

Sie nickte. »Mach ich auch nicht, aber es ist trotzdem spooky, dass du sie kennen könntest, findest du nicht?«

Das Schweigen, das darauf folgte, schien ihn zu zerreißen. Er fragte sich, aus welchem Grund sie es angesprochen hatte. Ahnte sie etwas oder war dieses Gespräch lediglich dem Zeitungsartikel geschuldet?

Sie genoss seine Verunsicherung und holte zum nächsten Schlag aus. »In der Zeitung steht, sie sei nackt gewesen.«

Er reagierte nicht.

»Wahrscheinlich verfügt die Polizei über Mittel und Wege, denjenigen zu finden, der engeren Kontakt zu ihr hatte. Also richtig engen Kontakt.«

Er unterdrückte ein verzweifeltes Stöhnen und starrte auf sein iPad. »Was hast du gesagt? Ich muss diese Mail von einem Mandanten lesen, bevor ich ihn gleich treffe!«

»Schon gut, aber Spermaspuren sollen noch Monate später nachweisbar sein. Morgen steht bestimmt in der Zeitung, dass der Mörder gefasst ist!«

»Seit wann interessieren dich solche Mordfälle? Bist du jetzt auf diesen True-Crime-Zug aufgesprungen?«

»Ach nein, es ist wahrscheinlich pure Neugier, wie solche Mörderjagd vor sich geht. In der Zeitung stehen ja keine Ermittlungsdetails, da ist es doch normal, dass jeder sich so seine Gedanken macht!«

»Ich nicht! Und jetzt entschuldige mich, ich habe zu arbeiten!«

»Die Kripo hat bei *Gosch* schon das Personal und auch Stammgäste befragt, deswegen dachte ich ..., egal, die werden den Mörder schon finden!«, sagte sie leise, schüttelte sich demonstrativ und wechselte das Thema. »Ich gehe gleich mit meinen Landfrauen auf Radtour. Wir planen, speziell für Mütter mit Kindern geeignete Ausflüge anzubieten. Da müssen die Wege für Fahrradanhänger und Laufräder geeignet sein.« Bei diesem Satz spürte sie den Giftpfeil, der tief in ihrer Brust steckte und ihr unerträgliche Schmerzen bereitete. Langsam stieg sie die Treppe hinauf ins Obergeschoss und schloss die Tür zum Ankleidezimmer hinter sich.

Er stützte den Kopf mit seinen Händen ab und schloss die Augen. Wusste sie etwas oder sah er Gespenster?

Kapitel 17

Nachdem er die Zeitung gelesen hatte, versetzte er sich in die Lage der Polizei. Gab es eine Spur von Mel zu ihm? Angestrengt rekapitulierte er die Kontaktaufnahmen der letzten Wochen. Nie hatte es ein persönliches Treffen in der Öffentlichkeit gegeben. Zu viel Arbeit steckte in dem Projekt, als dass er mit den Mädchen gesehen werden durfte. Das zahlte sich jetzt aus. Sandra hatte alles aus der Wohnung geschafft. Natürlich war er regelmäßig in dem Apartment gewesen, aber immer nur kurz.

Sandra war zu einem Risikofaktor geworden. Ihre Hysterie bedeutete eine Schwachstelle in dem sorgsam errichteten Geschäft. Mehrfach hatte er sie zur Besonnenheit aufgerufen, aber je intensiver er auf sie eingeredet hatte, desto größer wurden seine Zweifel, ob sie einer Befragung oder sogar einem Verhör der Polizei standhalten würde.

Er musste sich darum kümmern. Sofort.

Kapitel 18

Am späten Nachmittag kamen das Team und auch die Staatsanwältin zur Lagebesprechung in der Dienststelle zusammen.

»Alles, was wir über Melanie Reiterer und Sandra Rossberg in Erfahrung bringen konnten, wirft nur noch mehr Fragen auf!«, begann Heike den Bericht von den Ergebnissen ihrer Befragung bei *Gosch*.

Kessler pflichtete ihr bei. »Beide waren seit Antritt ihres Jobs lediglich für die Samstagabendschicht im Service. Das ergibt bei dem gezahlten Mindestlohn monatlich vierhundert Euro pro Person, plus anteilig Trinkgeld pro Schicht in Höhe von durchschnittlich vierzig Euro, also knapp einhundertachtzig Euro. Das mag bei Studenten zum Leben reichen, deckt aber bei diesen beiden jungen Frauen nicht mal ansatzweise die Mietkosten!«

»Irgendwelche Kontakte?«, fragte Bente.

Heike schüttelte den Kopf. »Die Kollegen beschreiben beide als sympathisch und fröhlich, dabei fleißig und hilfsbereit, aber sie blockten jeden Kontakt außerhalb der Arbeitszeit ab.«

»Auffällig ist, dass sie immer zusammen Dienst hatten, und zwar ausnahmslos«, fuhr Karin Kessler fort. »Offensichtlich diente der Job nur als Vorwand, beziehungsweise war wichtig für die Sozialversicherung.«

»Sozialversicherung verstehe ich, aber wofür ein Vorwand? Um was zu verstecken?«, hakte Klemme ein.

Die Staatsanwältin hob die Schultern und seufzte. »Wenn ich das wüsste!«

»Wenn Mietwagen und Wohnung von diesem ominösen Verein über ein serbisches Konto übernommen werden, dann muss es irgendeine Gegenleistung seitens der beiden Frauen gegeben haben, oder?«, fragte Timme.

Kessler nickte. »Aber wie diese ausgesehen hat oder im Fall von Rossberg immer noch aussieht, wissen wir nicht.«

»Warum befragen wir dann nicht die Personen auf Ihrer Liste zu den beiden?«, bohrte Klemme weiter.

»Uns liegen keine Beweise für eine Straftat vor, bei einer Befragung besteht die Gefahr, dass Konten eingefroren werden und wir auf eine Mauer des Schweigens bei den Beteiligten stoßen. Wir haben schlicht nichts gegen diese Würdenträger in der Hand!«, erklärte Kessler gefrustet.

»Aber jetzt geht es um Mord!«, rief Klemme empört.

Bente stand am Clipboard und nahm alles auf. Irgendetwas Offensichtliches übersah sie.

»Dieser Verein ist doch nachweislich nicht gemeinnützig und somit illegal«, beharrte Heike.

»Da stimmt, heißt aber nicht im Umkehrschluss, dass die Unterstützer dieses Vereins davon Kenntnis haben müssen! Alle würden sich politisch korrekt äußern und ihre Hände in Unschuld baden, das garantiere ich Ihnen!«

Timme nickte. »Sie würden sich als Betrugsopfer hinstellen!«

»So ist es!«

»Und was, wenn es tatsächlich so ist?«, fragte Klemme.

»Nein, dafür sind die Summen zu regelmäßig und zu hoch.« Kessler schüttelte energisch den Kopf.

»Okay, korrigiert mich, wenn ich mich täusche, aber Korruption bedeutet doch, mittels Geld oder Geschenken eine Leistung von jemandem, der entscheidungsbefugt ist, zu erkaufen, oder?«

Alle stimmten ihr zu.

»Hier ist es aber irgendwie andersherum!«

»Fahren Sie fort, Frau Röder!«, forderte Kessler sie auf.

Heike errötete stolz. »Was, wenn es ein wirtschaftliches Projekt gibt, von dem die Personen auf der Liste wissen und sich über diesen irischen Verein daran beteiligen?«

»Sie meinen, um am Fiskus vorbei zu investieren?« Kessler sah in die Runde. »Politiker, die sich durch ihr Wissen um bevorstehende Entscheidungen bereichern, stehen meist vor dem Aus ihrer Karriere und können sogar strafrechtlich belangt werden!«

»Das gibt's doch immer wieder, dass Amtsleiter oder deren Familienangehörige sich günstiges Bauland unter den Nagel reißen, noch bevor die Gemeinde überhaupt weiß, dass ein neues Baugebiet ausgeschrieben wird!«, schimpfte Timme.

»Da gibt es schwarze Schafe, aber solche Machenschaften sind selten und werden meines Wissens konsequent verfolgt. Das endet immer in einer Rückabwicklung des Kaufvertrages und Niederlegung des Amtes, so einfach ist das nicht!«, beteuerte Kessler. »Aber bei diesem Verein könnte es um etwas in der Art gehen!« Sie nickte Heike anerkennend zu.

Klemme flog mit den Fingern über die Tastatur seines Computers. »Der Verein könnte Beteiligungen oder, wie in unserem Beispiel mit dem B-Plan, Land kaufen. Wir brauchen irgendeinen Anhaltspunkt!«

Kessler stöhnte verzweifelt auf. »Es kann noch Wochen dauern, bis wir die Kontobewegungen aus Serbien haben. Wahrscheinlich steckt jemand von der dortigen Bank bis zum Hals mit drin im Korruptionssumpf!«

»Und was ist mit Schwarzgeld?«, warf Heike ein.

»Nein, die Überweisungen werden regulär von den Bankkonten getätigt«, erklärte Kessler.

»Ich bleib dabei! Die Einzahlenden müssen sich zu diesem Verein äußern!« Klemme schlug mit der flachen Hand auf den Tisch. »Kann doch nicht sein, dass vor unseren Augen eine Schweinerei passiert und wir nichts dagegen tun!«

»Dafür wissen wir einfach zu wenig. Wir müssen erst Ergebnisse haben, um auf Konfrontationskurs zu gehen!«

»Das könnte die Lösung sein!«, mischte sich Bente ein, nahm einen Marker und zeichnete einen Kreis auf einen neuen, leeren Bogen. Ihr Rücken verdeckte das Wort, das sie in den Kreis schrieb. »Alle Indizien weisen zur Zeit auf eine Verbindung der Morde zu diesem Verein und Nowak, besser gesagt, einen Mann, der sich als dieser ausgibt.«

Timme sah an Bente vorbei und las das Wort im Kreis. »Reputation? Was heißt das?«, staunte er.

»Das ist ein anderes Wort für ...«, erklärte Klemme ernst.

»Danke, das weiß ich selber, du Hornochse!«, unterbrach Timme ihn grinsend.

Bente sah in die Runde. »Was ist einem Politiker das Wichtigste?«

»Natürlich! Der gute Ruf!«, nickte Heike.

Bente war der Diskussion konzentriert gefolgt, aber ihre Aufgabe war es, einen Doppelmord aufzuklären. Ob und inwieweit es einen Zusammenhang zu dieser Korruptionsgeschichte gab, galt es zu klären, aber sie musste in alle Richtungen ermitteln. Es konnte kein Zufall sein, dass die Opfer bis vor ein paar Monaten ein Liebespaar gewesen waren! »Offenbar handelt es sich bei Slawo Nowak um eine Schlüsselperson. Wir sollten zumindest diejenigen auf der Liste befragen, die vor Ort sind. Niemand, der in der Öffentlichkeit steht, will mit einem Mordfall in Verbindung gebracht werden, oder? Ich kann mir vorstellen, dass der eine oder andere uns erzählen wird, was es mit diesem Verein auf sich hat.«

»Not gegen Elend sozusagen, das ist eine gute Idee!«, nickte Heike und klatschte leise Beifall.

Kessler sah angespannt aus, seufzte schließlich ergeben und sagte: »Ich bin nicht restlos überzeugt, aber es ist einen Versuch wert!« Sie griff zum Telefon und rief ihre Dienststelle in Flensburg an.

Nur zwei Minuten später scrollte Timme auf seinem Computerbildschirm die Liste hinab. »Das sind dreiundsechzig Namen.«

»Auf meiner Liste sind es noch zweiundfünfzig!«, staunte Kessler und sah über Timmes Schulter auf die Liste. »Ohne Zugriff auf das serbische Konto ist es aufwendig, Zahlungen an diesen Verein herauszusuchen.«

Timme verstand. Auch wenn die über sechshundert deutschen Finanzämter miteinander vernetzt waren, stellte die

Suche nach Zahlungen an einen in Irland ansässigen Verein eine zeitintensive Herausforderung dar.

»Die Liste ist dynamisch und wird laufend aktualisiert?«, hakte Bente nach.

Kessler nickte.

Timme beschlich bei der Betrachtung der Liste ein ungeheuerlicher Verdacht.

Kapitel 19

Sie hörte das Klopfen. Wie Nebelschwaden hüllte die Angst sie ein. Er würde sie töten, so wie Mel! Sie sah sein wutverzerrtes Gesicht vor sich und wand sich panisch in ihrem Gefängnis. Die Fessel schnürte ihr den Brustkorb zu und sie trat wild um sich. Mels Gesicht tauchte vor ihr auf. Sie rief ihr eine Warnung zu, aber ihre Worte verhallten ungehört. Ja, sie musste weglaufen, weit weg. Er durfte sie nicht finden. Mels Gesicht verblasste und das Klopfen an der Tür wurde lauter. Sie riss die Augen auf und erkannte einen Mann in orangefarbener Sicherheitsweste. Er lächelte entschuldigend und wies auf die Fahrzeugschlange hinter ihr. Sie stand an der Verladestation des Autozugs in Westerland und war hinter dem Lenkrad eingeschlafen! Erschrocken, aber vor allem erleichtert, dass sie nur geträumt hatte, startete sie den Motor ihres Mini Cooper und scherte rechts aus. Sie war es Mel schuldig, ihren Mörder nicht ungesühnt davonkommen zu lassen, egal, welche Konsequenzen dieser Schritt nach sich zog!

Der Bahnmitarbeiter schüttelte ärgerlich den Kopf, als sie umständlich wendete und die Einbahnstraße in entgegengesetzter Richtung vom Gelände fuhr.

Ängstlich beäugte sie die Insassen der anderen Autos. War er ihr schon auf den Fersen? Ganz sicher würde er versuchen, sie mundtot zu machen. Sie musste zur Polizei und eine Aussage machen, nur noch zwei Straßenecken, dann würde sie in Sicherheit sein. Warum hatte sie so lange gewartet? Als die beiden Kommissarinnen ihr das Foto von Mels Tattoo gezeigt hatten, war ihr sofort klar gewesen, dass er sie umgebracht hatte. Mit klitschnassen Händen bog sie in die Maybachstraße ein und hörte einen Knall. Dann wurde es dunkel um sie herum.

Kapitel 20

Bente öffnete verschlafen die Augen und sah Eriks Blick auf sich ruhen. »Du schon wach?«, murmelte sie und schlang die Arme um seinen Hals.

»Und Frühstück ist auch schon fertig! Was hältst du von einem Picknick am Strand?«, raunte er ihr ins Ohr.

Sie hörte das Gluckern der Kaffeemaschine. »Die braucht noch einen Moment …«, flüsterte sie und schmiegte sich an ihn.

Als sie eine halbe Stunde später auf einer Decke am Weststrand saßen und Ulrike beim Buddeln im Sand beobachteten, fiel es Bente schwer, an den Fall zu denken. Das Leben war schön, der richtige Mann saß neben ihr und am Vorabend hatte sie mit Anka telefoniert. Mittlerweile brachten sie es auf eine halbe Stunde, ohne Anschuldigungen und Rechtfertigungen. Das schwierige Verhältnis schien Vergangenheit zu sein. Es hatte Jahre gebraucht, inklusive monatelangem Schweigen und halbstündigem Treffen am Hamburger Hauptbahnhof. Bente schluckte bei der Erinnerung an die schmerzende Zurückweisung, die Anka ihr offen entgegengebracht hatte. Langsam trank sie den heißen Kaffee und lehnte sich an Eriks Schulter.

»Ich freu mich auf Ankas Besuch, wir haben noch eine Rechnung offen!«, grinste er.

»Sie wird dich schlagen, soll ich dir ausrichten. Sie hat die letzten drei Monate täglich geübt!«, lachte Bente. Die beiden trugen einen Krabbenpulwettbewerb aus.

Ulrike kam mit einem ausgefransten Tennisball in der Schnauze angerannt und legte ihn ihr vor die Füße. Es war Niedrigwasser und der Strand lag endlos vor ihnen. Die Sonne lugte zaghaft am Horizont hervor und weit und breit war kein Mensch zu sehen. Bente atmete die salzige Meeresluft tief ein und warf den Ball. Fünf Sekunden später lag er wieder vor ihren Füßen. Erik seufzte theatralisch auf, nahm den Ball und erhob sich. Ulrike jaulte begeistert, als sie dem Ball hinterherhechtete.

Die ersten Möwen hüpften heran. Erik streckte ihr seine Hand entgegen und zog sie hoch. Er musste zurück in die Wohnung, um seine Uniform anzuziehen. Sie würde in ihr Apartment gehen, um zu duschen und Ulrike zu füttern. Schweigend gingen sie zur Promenade. Er sprach sie nie auf ihre Fälle an. Gerade diese Zurückhaltung war es, die sie dazu brachte, ihm alles zu erzählen. »Mit den Informationen der Staatsanwältin aus Flensburg haben wir zwar eine Spur zu Melanie Reiterer, aber ich habe das Gefühl, die führt uns nur weiter weg.«

»Bist du nicht immer die, die sagt, es gibt keine Zufälle?«

Bente nickte. Bei Mordermittlungen entpuppten sich vermeintliche Zufälle immer als Spur. »Korrekt!«

»Aber Ausnahmen bestätigen die Regel!«

»Du meinst, die beiden Morde haben nichts miteinander zu tun?«

»Oder mit diesem Korruptionsfall der Staatsanwältin?«

Langsam und bedächtig schüttelte Bente den Kopf. »Die Spuren von diesem seltsamen Verein führen eindeutig zu Reiterer und der mittlerweile abgetauchten Mitbewohnerin.«

»Brotkrumen und Kieselsteine!«, grinste Erik.

»Was meinst du damit?«

»Kannst du dich an *Hänsel und Gretel* erinnern?«

»Klar!«, boxte sie ihn empört in die Seite. »Ich bin alt, aber nicht dement!«

»Bekommst du die Geschichte noch zusammen?«

»Ich soll dir jetzt kein Märchen erzählen, oder?«

Er schüttelte grinsend den Kopf. »Alles gut, Bente. Die beiden werden von den Eltern ein Stück in den Wald geführt und Hänsel legt eine Spur mit Kieselsteinen, damit er und seine Schwester wieder zurückfinden.«

»Weiß ich!«

»Am nächsten Tag bringen die Eltern die Geschwister noch viel, viel tiefer in den Wald. Hänsel legt diesmal eine Spur aus Brotkrumen, aber sie finden den Weg nicht zurück, weil die Vögel alles aufgepickt haben.«

Bente starrte ihn an: »Unsere erste Spur zu den beiden Opfern ist die einfache Spur aus Kieselsteinen und die Spur zu dem Verein und diesem Slawo Nowak ...« Sie stockte.

»Die ist nicht mehr da!« Er blickte schulterzuckend hinauf zu den kreischenden Möwen über ihren Köpfen, als sein Handy klingelte. Seine Gesichtszüge entglitten ihm. Er legte auf und sah Bente ernst an.

»Sandra Rossberg hatte einen Unfall!«

Kapitel 21

Vor ihm auf dem Schreibtisch lag die Akte mit den Plänen einer neuen Windkraftanlage in der Nordsee.

Diese heikle Aufgabe konnte er nur von zu Hause aus erledigen. Niemand durfte davon erfahren. Seine Aufgabe bestand darin, bei Bekanntgabe des Projektes eine Klage der Gemeinde Sylt gegen die Betreiber der Anlage einzureichen. Es würde enormen Widerstand seitens der Bevölkerung und des Umweltschutzverbandes geben, das war schon beim Windpark *Butendiek* so gewesen. Und der lag dreißig Kilometer westlich vor der Insel. Es hatte seinerzeit einen langwierigen Rechtsstreit gegeben, der bis vor das Bundesverfassungsgericht gebracht worden war.

Die Naturschutzorganisationen klagten immer noch und hatten das Projekt mittlerweile vor die *Europäische Kommission* gebracht.

Sie waren an ihn herangetreten und hatten ihm ein Angebot unterbreitet, das er nicht ablehnen konnte.

Dieser neue Offshore-Windpark würde die dreifache Menge an Strom liefern. Sich im Vorwege Anteile an der Gesellschaft zu sichern, bedeutete einen Millionengewinn.

Ziel war es, das Projekt so undurchsichtig wie möglich zu präsentieren und schnell durchzuwinken, damit es Eilanträge vor Gericht und vorläufige Baustopps gar nicht erst geben würde.

Seine Position als zweiter stellvertretender Bürgermeister und seine juristische Fachkenntnis hatten die Wahl auf ihn fallen lassen. Er verfügte über Einsicht in die Akte *Butendiek* und wusste, welche Klagen zu erwarten waren.

Sein Plan war einfach und genial. Er würde in die Klageschrift einen Fehler einbauen, der unweigerlich zu einer Abweisung führen musste. So würden die Klagefristen verstreichen. Dass damit seine Karriere in der Regionalpolitik ihr frühes Ende finden würde, war ihm gleichgültig. Hier ging es einzig um Geld, um viel Geld.

Mit seiner Zusage beging er Hochverrat, aber er war nicht in die Politik gegangen, um etwas zu verändern. Er richtete seine Fahne nach dem Wind und vertrat die Ansichten, die ihm die meisten Wählerstimmen einbrachten. Seine Frau hatte ihn nach der letzten Wahl eine Hure genannt, und damit den Nagel auf den Kopf getroffen. Er verkaufte sich an den Höchstbietenden. Mit geheuchelter Reue würde er seinen Fehler eingestehen und seinen Hut nehmen. Dafür konnte er nicht zur Rechenschaft gezogen werden. Er würde zurücktreten, aber Korruption und Amtsmissbrauch würden ihm nicht bewiesen werden können.

Die Aussicht auf den Reichtum entschädigte für dieses Opfer. Ein neues Leben wartete auf ihn.

Während er in der Akte las, erschien Melanies strahlendes Gesicht vor seinen Augen. Krampfhaft überlegte er, ob die Polizei eine Verbindung zu ihm herstellen konnte, als sein

Handy klingelte. Die unterdrückte Rufnummer ließ ihn zögern, dann nahm er das Gespräch an.

»Der Deal hat sich geändert!«

Überrascht schluckte er und augenblicklich schnellte sein Puls in die Höhe. »Das bedeutet?«

Während er dem Anrufer lauschte, wägte er alle Möglichkeiten ab. Es gab keinen anderen Ausweg. »Das bekomme ich erst morgen hin«, sagte er schließlich und hörte die Hilflosigkeit in seinen Worten.

»Gut, morgen! Ich verlasse mich drauf!« Der Anrufer legte auf.

Lange saß er bewegungslos an seinem Schreibtisch und dachte angestrengt nach. Das Projekt durfte nicht gefährdet werden. Er hatte alles auf diese Karte gesetzt.

Kapitel 22

Bente joggte zur Dienststelle, wo ihr Bulli parkte. Sie hatte Heike angerufen, die unter der Dusche gestanden hatte, als ihr Handy klingelte. Bente startete den Motor und fuhr zu Heikes Wohnung. Dort wartete sie zwei Minuten, bis ihre junge Kollegin aus der Haustür stürmte und auf den Beifahrersitz sprang.

»Ist sie schwer verletzt?«, erkundigte sie sich besorgt.

»Keine Ahnung, deshalb müssen wir so schnell wie möglich in die Klinik. Erik wurde von einem Kollegen über den Unfall informiert.«

Bente parkte vor dem Eingang und öffnete die Schiebetür. Sie hatte Ulrike beigebracht, im Bus zu warten, darauf konnte sie sich mittlerweile zu neunundneunzig Prozent verlassen. Das letzte Prozent war der Tatsache geschuldet, dass die Hündin Triebe und Instinkte hatte, wie jedes Tier. Es kam immer wieder vor, dass der ach so geduldige Familienhund das eigene Kind biss. Kein Tier war zu einhundert Prozent berechenbar, aber Ulrike war nah dran.

An der Information wurde ihnen mitgeteilt, dass die Patientin auf der Inneren lag. Sie gingen die Treppen in den ersten Stock und trafen im Flur auf einen Oberarzt, den Bente von einer früheren Ermittlung her kannte.

»Frau Kommissarin«, begrüßte er sie neugierig.

»Hauptkommissarin, Herr Doktor«, korrigierte sie automatisch.

»Okay, dann bin ich auch nicht Herr Doktor, sondern Herr Oberarzt«, grinste er keck.

»Touché! Sandra Rossberg ist hier eingeliefert worden.«

»Ja, sie hat schwere innere Verletzungen und ist sehr schwach. Wir mussten sie intubieren und sedieren.«

Bente sah ihn fragend an. »Bedeutet?«

»Umgangssprachlich gesagt, haben wir sie in ein künstliches Koma gelegt.«

»Und Sie können sie auch wieder da rausholen, aus diesem Koma?«, mischte sich Heike ein.

»Grundsätzlich ja, aber ihr Zustand ist kritisch und was sie am meisten braucht, ist Ruhe. Sie innerhalb der nächsten Stunden zu befragen, kann ich nicht verantworten.«

»Können Sie abschätzen, wie lange sie in diesem Zustand bleibt?«

Er schüttelte den Kopf. »Sie war in ihrem Auto eingeklemmt und musste von der Feuerwehr aus dem Innenraum herausgeschnitten werden.«

Bente nickte. Sie hatte von Erik die Infos zu dem Unfallhergang bekommen. Sandra Rossberg war in ihrem Mini von einem LKW erfasst worden. Der Fahrer hatte einen Schock erlitten.

»Ich melde mich, sobald sich an ihrem Zustand etwas ändert«, versprach der Doktor.

Auf dem Weg zurück in die Wache dachte Bente an das Gespräch mit Erik.

»Was geht dir durch den Kopf, Brodersen?«, fragte Heike.

»Ich glaube nicht an Zufälle!«

»Zugegeben, der Unfall kommt zur schlechtesten Zeit, um an einen Zufall zu glauben, aber Ausnahmen bestätigen die Regel.«

»Das hat Erik vorhin auch gesagt«, murmelte Bente und versuchte, sich an den genauen Wortlaut zu erinnern. Irgendetwas nagte an ihrem Unterbewusstsein, aber es fiel ihr nicht ein.

In der Dienststelle warteten Klemme und Timme mit dem iPad von Tim Liezen auf sie.

»Wir haben jede Menge Fotos von ihm und Melanie Reiterer gefunden, aber alle sind über ein halbes Jahr alt.«

»Das passt, da hat sie Schluss gemacht. Gibt es einen Hinweis auf sein Handy?«, hakte Bente nach.

»Das iPad ist mit einem iPhone gekoppelt, allerdings können wir die Messages auf dem iPad nicht lesen. Er hat eine Zwei-Faktor-Authentisierung als Sicherheit eingerichtet. Ohne das Handy kommen wir nicht weiter«, seufzte Klemme.

Bente sah sich um. »Wo ist Frau Kessler?«

»Sucht sich ein neues Quartier«, erklärte Timme. »Wir sollen sie auf dem Laufenden halten.«

Bente nickte nachdenklich. »Sieben Monate?«

»Ja, die letzten Fotos sind vom Valentinstag, also 14. Februar.« Klemme schob das iPad über den Tisch und Heike scrollte durch die Fotogalerie.

»Seit wann wohnte sie mit Sandra Rossberg in dem Apartment?«, fragte Bente.

Heike rief die Notiz in ihrem Handy auf. »Seit über einem halben Jahr!«, las sie ab.

»Also zu der Zeit, als sie die Beziehung zu Tim Liezen beendete.« Bente runzelte die Stirn.

»Na ja, ist nicht unnormal, für einen Neustart in eine neue Wohnung zu ziehen.« Klemme nippte an seinem Kaffee und verzog das Gesicht, weil er kalt war.

Bente dachte daran, dass sie und Erik in getrennten Wohnungen lebten. Sie blätterte durch einen Stapel Papiere auf ihrem Schreibtisch und zog schließlich ein Blatt hervor. »Hier! Sie war bis zum 31. Januar im Industrieweg gemeldet, also nicht an der Adresse von Liezen!«

»Und?« Heike schüttelte verständnislos den Kopf.

»Kein und, ich weiß auch nicht, aber irgendwas spukt mir im Hinterkopf herum ..., Egal, ist auf Liezen ein Fahrzeug zugelassen?«

Timme schüttelte den Kopf. »Negativ!«

»Moment!«, rief Heike und griff zu dem iPad. »Hier!« Sie zeigte auf ein Selfie von ihm und seiner Freundin. Sie saßen auf einem Motorroller.

Klemmes Finger flogen über die Tastatur, während er leise erklärte: »Diese Roller haben lediglich ein Versicherungszeichen. Ich bin gerade im Zentralregister der Autoversicherer ... Bingo!«

Der Drucker sprang an und Bente nahm das Blatt mit dem Mofakennzeichen heraus. »Informier die Kollegen von der Wache und schick das Foto mit, sie sollen Ausschau nach diesem Roller halten!«

Timmes Telefon klingelte und er öffnete mit der freien Hand Google Maps auf seinem Bildschirm. Er setzte einige Pins, bedankte sich und legte auf. »Endlich! Tim Liezen war zuletzt in der Funkzelle am Alten Schöpfwerk eingeloggt!«

»Aber da war weit und breit kein Handy!«, rief Heike gefrustet.

»Das Handy von Melanie Reiterer war in der Nacht von Samstag auf Sonntag in der Funkzelle vor Hörnum eingeloggt, enger lässt sich der Radius in dem Fall nicht ziehen«, fuhr Timme fort und legte eine dramatische Pause ein. »Zwei Tage nach ihrem Tod war es in Westerland eingeloggt!«

»Das ist ja sowas von abgeklärt! Erst ermordest du jemanden und dann benutzt du das Handy deines Opfers? Wer macht sowas?«, schüttelte Heike missmutig den Kopf.

»Oder das Handy wurde gefunden und der Finder aktivierte es, um den Besitzer ausfindig zu machen? Beim iPhone können Notfallnummern hinterlegt werden, das hab ich auch gemacht«, warf Klemme ein.

»Unwahrscheinlich!« Bente machte eine wegwerfende Handbewegung.

»Warum?«, fragte Timme nach.

»Weil der Finder eines Handys es sofort einschaltet und nicht erst zwei Tage später, oder?«

»Aber wenn der Akku leer ist, muss es erst laden, also hat der Finder es mit nach Westerland genommen, um es ans Ladekabel anzuschließen.«

»Okay, rein theoretisch möglich, aber dann hätten wir das Handy längst! Bei Reiterers Notfallkontakten wären ihre Eltern und ihre Mitbewohnerin an erster Stelle und beiden Seiten wissen nicht, wo das Handy ist, also konzentrieren wir uns auf die Annahme, dass der Mörder es hat!«

»Ich gebe mich geschlagen«, nickte Timme.

Bente räusperte sich und alle sahen zu ihr. »Genau diesen Gedankenaustausch will ich haben! Nur so kommen wir weiter, und es spielt keine Rolle, wie abwegig oder logisch eure

Äußerungen sind, ich will alles hören, was euch in den Sinn kommt! Widersprecht mir, wann immer ihr es für richtig haltet, verstanden?«

»Niemals«, murmelte Heike grinsend.

Klemme hob abwehrend die Hände. »Ich bin doch nicht lebensmüde!«

Lediglich Timme nickte ernst. »Das machen wir schon lange, Chefin. Also in den ersten Monaten unter deiner Leitung trauten wir uns noch nicht, aber mittlerweile haben wir deine harte Schale durchschaut!« Er drehte sich zu Klemme und Heike um, die hinter seinem Rücken standen und seine Ansprache pantomimisch untermalten. »Stimmt doch!«, murmelte er verlegen.

Bente verzog keine Miene. Tränen traten in ihre Augen. Noch nie war es ihr so schwergefallen, einen Lachkrampf zu unterdrücken! »Zurück an die Arbeit! Von beiden Toten fehlt jede Spur zu ihren Handys. Wir brauchen die Verbindungsnachweise, und zwar umgehend! Da bist du dran, Timme?«

»Ja, aber ich schick jetzt noch mal einen Hinweis auf Dringlichkeit hinterher, die dritte!«

Das Telefon klingelte und Klemme nahm das Gespräch an. Mit dem Hörer am Ohr drehte er sich im Schreibtischstuhl, stoppte dann abrupt und sprang auf. »Das glaube ich jetzt nicht!«, rief er.

Alle sahen ihn neugierig an.

»Kommissar Zufall belauscht uns!«

Kapitel 23

Der Himmel über Sylt hatte sich zugezogen. Sie setzte ihre Sonnenbrille auf und stieg entschlossen die drei Stufen hinauf.

Bevor sie die schwere Eichentür öffnete, zögerte sie. Jäh zuckte sie zusammen, als die Bilder aus der Vergangenheit vor ihren Augen auftauchten. Ein eisiger Schauer überzog ihren Körper und nahm ihr die Luft zum Atmen. Die Hand um die metallene Klinke gekrallt, verharrte sie reglos. Mit geschlossenen Augen konzentrierte sie sich auf die Atmung. Durch die Nase einatmen, drei Sekunden warten, dann die Luft durch den Mund ausstoßen. So hatte sie es gelernt und langsam wich die Starre aus ihren Gliedern. Wie lange hatte sie gebraucht, um die alten Mauern einzureißen? Sie spürte wieder den Schmerz, den es sie gekostet hatte, das Trauma aus der Kindheit zu verarbeiten. Die Atemübungen waren von klein auf hilfreich gewesen, aber die Ereignisse der letzten Wochen hatten dafür gesorgt, dass die Erinnerungen mit Wucht zurückgekehrt waren. Die Bilder brachten auch die Gefühle zurück und peinigten sie ununterbrochen. Sie musste dafür sorgen, dass die Vergangenheit zur Ruhe kam. Für immer.

Nach einigen weiteren Atemzügen hatte sie sich gefangen und öffnete die Tür zur Inselverwaltung der Gemeinde Sylt in der Bahnstraße.

Sie trat an den Empfangstresen, sagte ihren Spruch auf, zog das Handy aus der Manteltasche und legte es in die Durchreiche. Dann machte sie auf dem Absatz kehrt, ignorierte die Fragen der Mitarbeiterin und eilte ziellos die Bahnstraße hinunter. Nach einer viertel Stunde stand sie vor dem Flughafengelände. Hatte ihr Unterbewusstsein sie hierher geführt? Der Lärm der startenden und landenden Maschinen erinnerte sie an die Nacht, die ihr Schicksal bestimmte.

Sie hatte ihn vergessen müssen, sonst wäre sie zerbrochen. Nie wieder hatte sie seinen Namen gesagt. Er war das Monster, das ihre Welt von einer Sekunde auf die andere zum Einsturz gebracht hatte.

Sie war nicht zu jung gewesen, um das Ausmaß der Tat zu begreifen, aber zu jung, um zu wissen, dass dieses Ereignis sie ein Leben lang verfolgen würde. Jetzt war der Zeitpunkt gekommen, die zermürbende Flucht zu beenden. Sie würde nicht mehr fliehen, sondern handeln. Das hatte sie nach all den Jahren beschlossen, und es fühlte sich gut an.

Kapitel 24

Als Bente die drei Stufen hinauf zur Inselverwaltung sprang, wurde ihr bewusst, dass sie noch nie in diesem Gebäude gewesen war.

Die Frau am Empfangstresen empfing sie aufgeregt: »Ich habe sofort in der Dienststelle angerufen, Frau Hauptkommissarin!«

Bente stutzte. Es war äußerst selten, dass sie mit dem richtigen Dienstgrad angesprochen wurde.

»Sehr gut, Frau ...?«

»Merten, Sinje Merten«, stellte die Mitarbeiterin sich vor und reichte ihr einen Zip Beutel. »Ich habe mir Einweghandschuhe übergezogen, bevor ich es angefasst habe, wegen eventueller Fingerabdrücke«, erklärte sie.

»Sehr umsichtig von Ihnen! Wie kommen Sie darauf, dass es der Toten aus den Dünen gehörte?«

»Diese Frau sagte, dass sie das Handy beim Spaziergang in den Dünen vor Hörnum gefunden hat.«

Bente sah auf das versandete Gerät. Es handelte sich um ein iPhone neuesten Modells und steckte in einer transparenten Schutzhülle. »Danke, wir werden das checken.«

»Ich habe es kurz an mein Ladekabel angeschlossen und das Hintergrundbild ist ein Foto. Eine junge Frau küsst einen Mann, der aber nicht zu erkennen ist. Es ist bestimmt das gesuchte Handy!«

»Haben Sie es auch zufällig decodiert und irgendwelche Hinweise gefunden?«, fragte Bente süffisant. Diese übereifrige Mitarbeiterin war offenbar eine Hobbydetektivin! Letzten Endes glaubte sie nicht an Zufälle, aber dieses wichtige Beweisstück war tatsächlich durch einen Glücksfall aufgetaucht. Jetzt musste es ausgewertet werden!

Sinje Merten sah betreten zu Boden. »Ich wollte nur helfen.«

»Das haben Sie, danke, aber behalten Sie die Informationen bitte für sich, bis der Fall geklärt ist! Was können Sie zu der Finderin sagen, wie sah sie aus?«

»Mitte bis Ende vierzig, ungefähr 1,70 m groß, hager, kurze, braune Haare, insgesamt machte sie einen sehr sportlichen Eindruck. Sie trug eine riesige Sonnenbrille von *Ray Ban* und einen braunen Schal um den Kopf geschlungen. Dazu einen leichten, beigen Trenchcoat, blaue Skinny Jeans und weiße Sneaker der Marke *on.* Sie hat das Handy anonym abgegeben, das ist nicht ungewöhnlich, aber sie machte einen geschwächten Eindruck, als sie hereinkam und wollte keine Hilfe oder ein Glas Wasser von mir annehmen, das fiel mir auf.«

»Was meinen Sie mit geschwächt?«, hakte Bente nach.

»Auf ihrer Stirn und Oberlippe standen Schweißtropfen und sie musste die Brille mehrfach hochschieben, weil sie ihr von der Nase rutschte.«

»Danke, Frau Merten. Ihre Beobachtungen sind sehr hilfreich, einen schönen Tag noch.«, verabschiedete sie sich.

»War mir eine Ehre, Frau Hauptkommissarin!«, rief sie ihr hinterher und Bente rollte mit den Augen, als sie die Tür hinter sich geschlossen hatte. Diese Frau war mit ihrem Job im Fundbüro eindeutig nicht ausgelastet!

Auf dem Rückweg ins Büro rief Flackner an. »Moin, gibt's Neuigkeiten?«, fragte sie zur Begrüßung.

»Nee, ich ruf an, um dir einen Witz zu erzählen«, entgegnete er gelassen.

»Der war gut, Flackner, liegt noch was an?«

Ehe er verstand, was geschehen war, brummte er verstimmt: »Ha, ha! In dem Mietwagen, den wir am Bunker Hill sicherstellt haben, ist eine Dashcam eingebaut.«

Bente ballte die Faust. Endlich kam Bewegung in die Ermittlungen! »Solche Dashcams haben digitale Zeit- und Datumsstempel in den Aufnahmen, oder?« Vielleicht konnten sie die letzte Fahrt von Melanie Reiterer eruieren und einen genaueren Todeszeitpunkt festlegen! »Wann genau ist sie also auf den Parkplatz gefahren?«

»Keine Ahnung, diese Funktion wurde deaktiviert, aber das Absurde ist, dass die Dashcam verkehrt herum installiert wurde.«

»Häh?«

»Sie filmt den Innenraum, also Fahrer und Beifahrer!«

»Ein Einbaufehler?« Bente hatte das Bild einer mittels Saugnapf an die Windschutzscheibe befestigten Dashcam vor Augen.

»Nein, die Kamera ist fest eingebaut, auf den ersten und zweiten Blick ist die Linse im Logo auf dem Handschuhfach gar nicht zu erkennen! Aber natürlich fiel mir das sofort auf«, grunzte Flackner selbstgefällig.

»Was ist denn auf dem Film zu sehen?«

»Die Speicherkarte wurde herausgenommen!«

Bente dachte angestrengt nach und blickte auf Reiterers Handy in dem Plastikbeutel. »Timme wird gleich zu dir kommen. Wir haben das Handy der Toten und es muss mit ihrem Fingerabdruck entsperrt werden.«

Bente öffnete die Tür zum Büro und platzte heraus: »Aus welchem Grund wird eine Dashcam verkehrt herum ins Auto eingebaut, sodass die Insassen aufgezeichnet werden?«

»In der A-Klasse von Reiterer? Vielleicht als Selfiekamera, um während der Fahrt für einen Blog aufzunehmen? Allerdings haben wir bisher nichts dergleichen im Netz gefunden.« Heike zuckte die Achseln.

Bente nickte nachdenklich. »Dann sucht weiter! Timme, Flackner wartet auf dich, damit das Handy entsperrt werden kann!« Sie hielt ihm den Zip Beutel hin.

»Ist ein neues Modell, wenn es länger als achtundvierzig Stunden im Sperrmodus ist, verlangt das System den Code«, seufzte er.

»Na toll, versuch es trotzdem!«

Erik kam ins Büro und hielt Bente mit ausgestrecktem Arm eine Handtasche hin. »Die gehört Sandra Rossberg, wir haben sie im Unfallwagen gefunden.«

Bente nahm die Tasche, öffnete den Reißverschluss und holte ein Handy hervor. »Bingo! Ich bin gespannt, was sie und ihre Mitbewohnerin sich zu sagen hatten!« Sie reichte es Timme. »Fahr im Krankenhaus vorbei!«

»Ist das nicht pietätlos, eine Komapatientin ihr Handy entsperren zu lassen?«, zögerte er.

»Ist es, aber darauf können wir keine Rücksicht nehmen! Wende dich an den Oberarzt!«

Dann wandte sie sich an Erik: »Habt ihr die Unfallursache ermittelt?«

»Ja, es gibt mehrere Zeugen, die gesehen haben, wie der Mini von Sandra Rossberg in die Vorfahrtsstraße einbog. Sie hat weder abgebremst, noch auf den Verkehr geachtet. Der Fahrer des LKW hatte keine Chance.«

Bente nickte grübelnd.

»Es gibt eine Aufnahme der Überwachungskamera an der Verladestation zum Autozug. Darauf ist zu sehen, dass der Mini in der Schlange der Wartenden stand und dann kurz vor der Auffahrt wendete und zügig wegfuhr. Offenbar befand Sandra Rossberg sich da schon in einer Art Ausnahmezustand. Sie hat sämtliche Verkehrszeichen ignoriert und ist auf direktem Weg Richtung Innenstadt gefahren. Bis sie von dem LKW erfasst wurde.«

»Sie wollte also auf den Autozug«, murmelte Bente. »Weshalb hat sie sich so kurzfristig umentschieden und ist wie eine Irre weggefahren? Und wohin wollte sie? Timme, wir brauchen das letzte Telefonat oder die letzte Nachricht vor dem Unfall!«

Eilig verließ Timme das Büro und sie hörten ihn mit durchdrehenden Reifen vom Parkplatz fahren.

»Der Mini hat jedenfalls einen Totalschaden und wurde abgeschleppt. Wir haben zwei Koffer und eine Reisetasche sichergestellt. Ich kann sie euch rüberschicken lassen.«

Bente nickte. »Sonst noch was?«

»Ja, im Mini ist eine Dashcam eingebaut und ich hatte gehofft, den genauen Unfallhergang sozusagen live sehen zu können, aber …«

»Sie ist verkehrt herum eingebaut!«, fiel Bente ihm ins Wort.

Verblüfft nickte Erik. »Woher weißt du das?«

Kapitel 25

Pjotr Wieczorek stand an den Geschirrspülern im hinteren Teil der Küche. Seit Jahren bestand seine Aufgabe darin, für sauberes Geschirr im Lister Edelfischimbiss zu sorgen. Er stellte die Körbe in die großen Haubenspülmaschinen, die innerhalb von zwei Minuten das Geschirr säuberten, wechselte die Körbe und stellte das saubere Geschirr auf eine Arbeitsplatte. Von dort räumte ein Kollege es weg, um Platz für die nächsten Stapel zu machen. Es war eine stumpfe Fließbandarbeit, nur unterbrochen von den Gängen durch die Alte Bootshalle mit den vollbesetzten Tischen, von denen Pjotr das benutzte Geschirr nahm und in eine Art Bauchladenkiste stellte.

Die Küche und die Abendschicht bereitete sich gerade auf den Ansturm des Abends vor. Pjotr Wieczorek fegte mit einem Handfeger die Essensreste von den Tellern in den Mülleimer und befüllte die Körbe. Wieder einmal staunte er angesichts der nur halb aufgegessenen Speisen, die einfach weggeworfen wurden. So war die Vorschrift, aber seine Großmutter würde sich im Grabe umdrehen, wenn sie ihn bei dieser Arbeit sehen könnte. Sie hatte in einem alten

Haus in Krynki nahe der Grenze zu Belarus gewohnt. Als kleiner Junge war er oft dort gewesen und hatte widerwillig die Sauermehlsuppe gelöffelt, die vor ihn auf den Tisch gestellt wurde. Wenn er es gewagt hatte, den Löffel beiseitezulegen, bevor die Schüssel leer war, hatte seine Babunia ihm mit rauer, kräftiger Hand eine Ohrfeige verpasst. Ihre häufigen Umarmungen hatten ihn fast so sehr geschmerzt wie diese seltenen Ohrfeigen. Pjotr hatte seinen Großvater nie kennengelernt, wusste aber, dass er in Kriegsgefangenschaft am Hungertod gestorben war.

Daran dachte er, wenn er all die kostbaren Lebensmittel in den großen Mülleimer fegte.

Seine Babunia würde an den Tischen in der Alten Bootshalle unzählige Ohrfeigen verteilen.

Pjotr hatte von der jungen Kellnerin gehört, die ermordet in den Dünen gefunden worden war, und nun fehlte auch noch ihre Freundin. Unter den Kollegen wurde viel darüber geredet und es kursierten die wildesten Gerüchte. Pjotr schwieg zu alldem, hörte aber interessiert zu. Er wusste, was es bedeutete, für seinen Lebensunterhalt zu sorgen, im Gegensatz zu diesen beiden jungen Frauen. Sie arbeiteten nur eine Schicht pro Woche, das war nicht einmal genug für die Autos, die sie fuhren. Ihm waren die versteckten Gesten vieler männlicher Gäste aufgefallen, aber das war angesichts ihrer Schönheit nicht verwunderlich. Allerdings war er sich sicher, dass die beiden jungen Frauen ein eigenes Ziel verfolgt hatten. Ob es dabei um eine Art Prostitution ging, konnte er nicht sagen. Auch das fiel in die Kategorie Privatsache.

In den letzten Jahrzehnten war er auf viele seiner Landsleute getroffen. Er hatte genug erlebt, um zu wissen, dass der Mann, der zu jedem Dienst der beiden Mädchen in der Ecke am Tresen gesessen hatte, kein normaler Gast war. Nie hatte er auch nur einen Schluck Alkohol getrunken, nie etwas gegessen.

Pjotr war dieser Mann erst nach einigen Wochen aufgefallen und es hatte nochmals Wochen gebraucht, um zu erkennen, dass er sich ausschließlich auf die beiden Kellnerinnen fixierte.

Er steckte seinen Kopf aus der Küchentür und warf einen Blick auf die Ecke am Tresen. Der Platz war leer.

Die vielen Male, die er an ihm vorbeigegangen war, hatte er ihn nie beachtet. Ein einziges Mal hatte er seine Stimme gehört, als er die Tresenkraft zum Bezahlen gerufen hatte. Da war ihm der feine Akzent aufgefallen, der auch ihn nach all den Jahren als Pole entlarvte.

Während Pjotr die Körbe im Haubenspüler tauschte, fragte er sich, was sein Landsmann mit den beiden Frauen zu tun hatte?

Sollte er diese Beobachtung der Polizei melden? Er hatte die junge Polizistin gesehen, als sie die Kollegen nach dem Mordopfer befragt hatte. Zu ihm war sie nicht gekommen.

Pjotr haderte mit sich. Er wollte seinen Job behalten und sparte auf die Rente. Irgendwann würde er zurückkehren in das Haus seiner Babunia nach Krynki, um dort seinen Lebensabend zu verbringen.

Er schüttelte den Kopf, verwarf den Gedanken an die Polizei und fegte mit einem tiefen Seufzer eine halbe Seezunge vom Teller in den Müll.

Kapitel 26

An diesem Abend saß Bente mit Heike im *Cropinos*. In ihrem Kopf rauchte es. Sie fühlte sich wie ein Vulkan, dessen Ausbruch kurz bevorstand. Es gab in diesen beiden Mordfällen viele Spuren und Indizien, die aber zu keinem logischen Schluss führten. Egal, wie sie es drehte und wendete, der zündende Funke in Form eines Motivs für die Morde fehlte.

»Die Kollegen haben Liezens Motorroller auf dem Parkplatz der Gärtnerei in Keitum gefunden.« Heike drehte ihr iPad mit einem Foto des Motorrollers zu ihrer Chefin. »Laut Aussage einer Mitarbeiterin steht der Roller dort seit dem Morgen nach seinem Tod. Also hat er ihn wahrscheinlich in der Nacht dort abgestellt.«

Bente vergrößerte mit zwei Fingern das Bild auf dem Display und stutzte. Sie drehte das iPad zurück zu Heike. »Liezens Tod war definitiv kein Selbstmord!«

Heike starrte auf das Bild, als Karin Kessler an ihren Tisch trat. »Keine Sorge, ich stalke sie beide nicht«, beteuerte sie grinsend, ging zum Tresen und bestellte eine Pizza zum

Mitnehmen. »Ich habe ein Zimmer direkt im Zentrum bekommen. Darf ich mich zu Ihnen setzen, bis meine Bestellung fertig ist?«

Bente nickte. Die Staatsanwältin nahm neben Heike Platz und warf einen Blick auf das Foto vom Roller. »Ein Bilderrätsel?«

»Die Kollegen haben den Motorroller von Liezen gefunden«, antwortete Heike beiläufig, ohne den Blick vom Display zu nehmen.

»Glückwunsch, wenn er den Roller in der Nacht seines Todes dort abgestellt hat, bestätigt dieses Foto Ihre Zweifel an der Selbstmordtheorie!« Kessler streckte Bente einen erhobenen Daumen entgegen.

Heike stöhnte frustriert auf. »Ich hab ein Brett vorm Kopf!«

»Das Schloss!«, erklärte Bente. »Einem Selbstmörder ist egal, ob sein Hab und Gut geklaut wird.«

Kessler fügte hinzu: »Liezen hat seinen Roller sorgsam mit einem Stahlschloss gesichert.«

»Na toll, vielen Dank auch, dass ich mich jetzt wie ein Azubi fühle!« Heike schlug sich mit der flachen Hand an die Stirn.

»Manchmal sieht man den Strand vor lauter Sandkörnern nicht!«, lachte Kessler.

Bente gefiel der Vergleich, weil er zur Insel passte.

»Ich habe etwas gefunden. Das hätte bis morgen warten können, aber Sie kennen ja offensichtlich auch keinen Feierabend, also kann ich jetzt davon berichten, oder?«

Bente und Heike riefen unisono: »Unbedingt!«

»Dass die Einzahlungen auf das Vereinskonto monatlich per Dauerauftrag eingehen, wissen Sie schon, aber es gibt eine Person, und zwar nur diese eine auf der Liste, die ihre Zahlungen vor fünf Monaten eingestellt hat!«

Ein Kellner brachte die eingepackte Pizza an ihren Tisch, sodass Bente ihre Neugier zügeln musste.

»Machen Sie's nicht so spannend! Wer ist es?«, raunte sie Kessler zu, als der Kellner sich entfernte.

»Der zweite stellvertretende Bürgermeister von Westerland, Gerd Schneider.«

Bente sah Heike an und beide hoben die Schultern. »Nie gehört.«

Kessler klappte den Pizzakartondeckel auf und atmete den Duft tief ein. »Ich muss los, aber vielleicht kann dieser Schneider mir einen Hinweis geben. Es muss ja einen Grund geben, weshalb er die Zahlungen eingestellt hat. Auf jeden Fall werde ich ihm morgen einen Besuch abstatten! Wir sehen uns um 8 Uhr im Büro, schönen Feierabend!« Damit nahm sie ihre Pizza und verließ das *Cropinos.*

»Weißt du, was ich mich frage?« Heike sah der Staatsanwältin gedankenverloren nach. »Unter normalen Umständen, soweit man Mord und Selbstmord als normal bezeichnen kann, wären wir doch davon ausgegangen, dass Tim Liezen aus Eifersucht seine Ex-Freundin ermordet hat und sich dann wegen der Schuldgefühle sein Leben nahm, oder?«

Bente nickte knapp.

»Wie ich das sehe, gibt es zwei Möglichkeiten, wenn Tim Liezen nicht Reiterers Mörder war.«

»Wir sind ganz Ohr!«, erwiderte Bente und schnalzte Ulrike zu, die sofort die Ohren spitzte.

»Nehmen wir an, es handelt sich bei beiden Opfern um ein und denselben Mörder.«

»Davon gehe ich aus!«

»Er tötet zuerst Melanie Reiterer, wobei ich keinen Grund dafür erkenne, weshalb er sein Opfer ausgezogen hat, aber lassen wir das für den Moment.«

Bente runzelte die Stirn und lauschte ihrer jungen Kollegin interessiert.

»Vier Tage später erschießt dieser Mörder Tim Liezen und lässt es wie Selbstmord aussehen.«

»Bis hierhin kann ich dir folgen.«

»Warum?«

»Warum was?«

»Warum lässt der Mörder es wie Selbstmord aussehen?«, bohrte Heike weiter und hob die Augenbrauen.

»Um den Verdacht von sich abzulenken, beziehungsweise, um die Ermittlungen in eine andere Richtung zu lenken.«

»Das ist der springende Punkt!«, nickte Heike aufgeregt. »Als Täter will ich nicht gefasst werden, verwische Spuren und besorge mir ein Alibi!«

»Korrekt!«

»Wenn beide Morde geplant waren, warum hat der Täter dann keine Spur bei Tim Liezen hinterlassen, die uns zu Melanie Reiterer geführt hätte? Das wäre doch ein Leichtes gewesen!«

»Weil wir innerhalb weniger Stunden von der Beziehung der beiden erfahren würden. Sowohl Rossberg als auch die Eltern der beiden Opfer hatten Kenntnis davon, das war keine ermittlerische Glanzleistung von uns, sondern der erste Check!«

»Stimmt, aber vielleicht wusste Liezen, wer seine Exfreundin ermordet hatte und musste deshalb sterben!«

»Glaube ich nicht. Er hätte sich nicht mitten in der Nacht in der Einöde mit ihm getroffen!«

Heike verzog genervt das Gesicht. »Dann die andere Möglichkeit: Wir haben es mit zwei Tätern zu tun.«

Bente wiegte den Kopf hin und her. »Egal, wie wir es drehen und wenden, jede aufgestellte Theorie hat unbestreitbar ihre Schwachstellen. Für mich steht allerdings fest, dass die Morde zusammenhängen. Lass uns Feierabend machen, Ulrike will nochmal raus und ich nach Hause.«

Am Tresen saß eine Person mit einer tief in die Stirn gezogenen Schirmmütze auf dem Kopf. Sie verließ das *Cropinos* drei Minuten nach den Kommissarinnen. Das Gehörte reichte, um aktiv zu werden.

Kapitel 27

Der Mond stand am Himmel und warf die Schatten der Bäume an die Hauswand des kleinen Hauses im Fischerweg. Eine dunkel gekleidete Person huschte in die Sackgasse und verharrte reglos unter dem dichten Geäst einer knorrigen Kiefer. Dass sie an diese Adresse gekommen war, verdankte sie ihrer Hartnäckigkeit.

Das alte Fischerhaus war geschmackvoll modernisiert worden. Durch die Sprossenscheiben waren Küche und Wohnzimmereinrichtung zu sehen.

Die Schirmmütze tief ins Gesicht gezogen, beobachtete die Person das Haus, bis sich die Haustür öffnete.

Sie duckte sich und drückte ihren Körper an den Stamm der Kiefer.

Er ging mit hochgeklapptem Mantelkragen durch den Vorgarten in die Garage. Eine Minute später blinkte es am Garagentor und als es hochgefahren war, fuhr ein dunkler SUV rückwärts aus der Einfahrt. Surrend schloss sich das Tor wieder.

Lautlos fluchend sah die Person dem Wagen hinterher. Sie war mit dem Fahrrad unterwegs, was eine Verfolgung unmöglich machte. Als sie aus ihrem Versteck vortrat, öffnete sich die Haustür ein weiteres Mal, und hastig suchte sie wieder Schutz. Eine Frau kam mit einer Sporttasche aus dem Haus, ging ebenfalls durch die Garagentür und zwei Minuten später zurück ins Haus. Was hatte das zu bedeuten?

Kapitel 28

Bente öffnete die Tür und sog den Geruch von frisch aufgebrühtem Kaffee ein. Erleichtert stellte sie fest, dass Heikes Jacke an der Garderobe hing und sie nicht an ihrem Schreibtisch saß. Ulrike machte ihre Begrüßungsrunde und legte sich dann auf die Decke unter ihrem Schreibtisch.

»Moin, zusammen.«

»Moin, Chefin«, grüßten Timme und Klemme im Chor.

»Moin, Vorsicht, ist extrem heiß!«, grinste Heike, reichte ihr einen Becher Kaffee und zeigte auf das klingelnde Telefon auf Bentes Schreibtisch. »Soll ich?«

Bente nickte dankbar. Es war noch vor acht und sie hatte erst einen Coffee to go auf dem Morgenspaziergang getrunken. Ihr Koffeinpegel hatte das denkfähige Level noch nicht erreicht.

Heike legte schon wieder auf und berichtete: »Das Krankenhaus. Sandra Rossberg ist wach.«

Bente pustete in den Becher. »Ist sie ansprechbar?«

»Ja, es geht ihr wohl besser als erwartet.«

»Na, dann los, du fährst!« Sie warf Heike den Bullischlüssel zu, pfiff kurz und ging mit Kaffeebecher in der Hand auf den Parkplatz.

Als sie die Beifahrertür schloss, vibrierte ihr Handy in der Hosentasche. Sie nahm den Anruf über die Freisprecheinrichtung an, ohne auf das Display zu sehen.

»Moin, Brodersen!«, hörte sie Flackners für diese Uhrzeit viel zu fröhliche Stimme.

»Moin! Du bist auf Lautsprecher, Heike und ich sitzen im Auto.«

»Moin, Heike, ich hab Neuigkeiten aus dem Themenbereich Sperma für euch.« Sein Lachen war zum Fremdschämen. Bente überlegte, ob diese geifernde Art von älteren Männern ein sicheres Zeichen von Impotenz war. Niemand, der über ein aktives Sexualleben verfügte, hatte solch anzügliche Bemerkungen nötig.

Heike und Bente schwiegen vielsagend.

»Entspannt euch, du wolltest sofort informiert werden, ob die Spermaspuren von Liezen sind, oder?«

»Sind sie?«

»Nein.«

Bente starrte auf die Straße. Wieder eine Spur ins Leere. Die Chance, dass das Sperma auf dem Autositz von Tim Liezen stammte, war gering gewesen. »Nimm dir den Unfallwagen von Sandra Rossberg vor. Darin ist ebenfalls eine Dashcam, auch verkehrt herum.«

Flackner brummte: »Wahrscheinlich haben die Selfies während der Fahrt gemacht.«

Bente dachte nach. Sie hatten das Netz nach Blogs von ihnen durchsucht und auch ihre Social-Media-Kanäle dahingehend durchforstet. Beide waren auffällig wenig aktiv auf den jeweiligen Seiten und einen Blog hatten sie auch nicht gefunden. Es musste einen anderen Grund dafür geben. »Sonst noch was, Flackner?«

»Guck mal auf die Uhr, da findest du die Antwort! Sonst noch was, wirklich witzig, Brodersen!«, grätzte er und legte auf.

Heike grinste Bente an. »Eins zu null für dich!«

Sie parkte neben dem Wagen des Oberarztes, der Sandra Rossberg behandelte. Gemeinsam betraten sie das Gebäude und gingen direkt auf die Station. Der Doktor ließ sich die Patientenakte geben und bat um einige Minuten Geduld. Während Bente und Heike auf den Stühlen an der Flurwand Platz nahmen, verschwand er im Krankenzimmer, um die Patientin zu untersuchen. Kurze Zeit später kam er wieder heraus und schloss die Tür hinter sich. »Ich gebe Ihnen fünf Minuten allein mit ihr, keine Sekunde länger. Jede weitere Person stresst sie zusätzlich, mich eingeschlossen. Seien Sie behutsam mit Ihren Fragen, sie weist mehrere Anzeichen eines psychischen Zusammenbruchs auf, vor allem Angst, Herzrasen und Übelkeit, aber auch unpassendes Lachen und impulsives Verhalten. Sie darf sich auf keinen Fall noch mehr aufregen!«

Bente nickte und trat ein.

Sandra Rossberg saß aufrecht im Bett. »Gut, dass Sie kommen!«

»Schön, dass es Ihnen gutgeht«, erwiderte Bente und stellte direkt die erste Frage: »Sagt Ihnen der Name Slawo Nowak etwas?«

»Nein, nie gehört.«

»Wie heißt Ihr Vermieter?«

»Marko, ich glaube, er hat Mel umgebracht!« Ihre Stimme überschlug sich, aber ihr Blick war fest auf Bentes Gesicht gerichtet.

»Wer ist Marko?«

»Er hat das alles geplant«, schluchzte sie und griff zu einem Taschentuch.

Endlich kommt Bewegung in den Fall, dachte Bente und nickte ihr auffordernd zu.

»Mel wollte schon vor Monaten aufhören, aber Marko hatte ihr gedroht und jetzt ist sie tot und ich glaube, er ist auch hinter mir her, jedenfalls hat er gestern so komische Bemerkungen gemacht.« Sandra Rossberg stieß die Sätze stakkatoartig hervor, atmete hektisch und sah panisch zur Tür. »Wenn ich daran denke, dass er Mel ermordet hat, sie war so … so fröhlich.« Die letzten Worte gingen in einem Weinkrampf unter.

»Wie ist Markos Nachname?«

»Sie musste sterben, weil sie nicht weitermachen wollte. Das konnte er nicht zu …« Wieder wurde sie von einem Weinkrampf geschüttelt.

»Wir brauchen den Nachnamen, helfen Sie uns, den Mörder Ihrer Freundin zu …«

Die Tür zum Krankenzimmer wurde aufgerissen. »Das reicht!«, rief der Oberarzt. »Sie sollten sie nicht aufregen, sie steht unter Schock. Gehen Sie!« Er stellte sich schützend vor seine Patientin und breitete die Arme aus.

Bente sah Sandra Rossberg auf das Kopfkissen fallen und sich in Embryonalhaltung zusammenrollen. Seufzend trat sie den Rückzug an und berichtete Heike von dem unergiebigen

Gespräch. »Stell einen Kollegen für ihre Bewachung ab, sie ist eine Zeugin und wahrscheinlich in Lebensgefahr.«

Bente rief Timme an, der beim zweiten Klingeln abhob. »Hast du das Handy von Rossberg schon ausgewertet?«

»Nein, ich bin gerade fertig mit Daten überspielen, was genau brauchst du?«

»Ist in ihren Kontakten irgendwo ein Marko?«

»Nachname?«

Bente schwieg.

»Sorry, Gewohnheit, willst du dranbleiben?«

»Ja, ich warte.«

Eine endlose Minute lang hörte Bente lediglich Timmes Atmen und seine Finger auf der Tastatur.

»Ein Beamter ist auf dem Weg«, flüsterte Heike ihr zu.

»Treffer!«, hörte sie Timme murmeln. »Es gibt einen in ihren Kontakten.«

»Wann hat sie das letzte Mal mit ihm telefoniert?«

»Gestern.«

»Schick mir die Nummer aufs Handy und besorg mir so schnell wie möglich das Bewegungsprofil dieser Nummer! Ich will wissen, ob das Handy zur Tatzeit in der Funkzelle beim Bunker Hill eingeloggt war!«

»Ich geb mein Bestes, aber das dauert alles ewig bei der Telekommunikationsbehörde«, fluchte er ungehalten.

»Ist Frau Kessler im Büro?«

»Grad reingekommen.«

»Gib sie mir!«

»Guten Morgen, Frau Brodersen«, flötete eine gutgelaunte Stimme in Bentes Ohr.

»Ihnen auch, ich brauche dringend Ihre Hilfe.«

Die Staatsanwältin hörte aufmerksam zu. »Ich versuche es!«

»Laut Rossberg ist dieser Marko ihr Vermieter.«

»Alias Slawo Nowak?«, erkundigte sich Kessler.

»Vermutlich, außerdem steht er unter dringendem Tatverdacht des Mordes an Melanie Reiterer«, fuhr Bente fort und ging eilig zurück zum Bulli. »Wir sind unterwegs, geben Sie mir den Kollegen bitte nochmal.«

»Ja, Chefin?«

»Lässt sich mit Rossbergs Handy jemand anrufen?«

»Klar!«

»Ist bei dem Kontakt ein Bild hinterlegt?«

»Nein, leider nicht, aber ich kann über Rückwärtssuche den Inhaber der Nummer ermitteln, dann haben wir die Personalien!«

»Ich will eine Fahndung, das geht nur mit Foto, also lass dir was einfallen und gib an die Wache weiter, dass Fähren, Flughafen und Bahnhof ab sofort überwacht werden müssen! Wir sind gleich da!«

Heike bog bereits in den Liliencronweg ein. »Wenn er tatsächlich der Mörder ist, wird er längst über alle Berge sein, oder?«

»Ja, aber Rossberg hat gestern noch mit ihm gesprochen. Wenn sie eine Gefahr für ihn darstellt, wird er sich in ihrer Nähe aufhalten!«

Bente hatte zwar noch keine Vorstellung davon, welche Rolle dieser Marko in dem Fall spielte, aber offenbar hatte er ein Motiv für den Mord an Reiterer.

Sie riss die Bürotür auf und rief: »Habt ihr ein Fahndungsfoto?«

Timme schüttelte den Kopf. »Fehlanzeige. Die Prepaidnummer ist auf Slawo Nowak registriert.«

»Egal, wie er sich nennt oder was in seinem Pass steht, das Foto muss von ihm sein, sonst bringt es nichts!« Bente sah ihn verständnislos an.

»Ich Trottel!«

Alle im Büro nickten hämisch.

»Keine Kommentare, danke«, schluckte er trocken und hängte sich ans Telefon.

Zehn Minuten später hatte er eine polnische Reisepasskopie der Telefongesellschaft, druckte ein Dutzend Fahndungsfotos aus und spielte das Passfoto im systemeigenen Netz hoch, damit alle Kollegen in Schleswig-Holstein Zugriff darauf hatten.

»Dann werde ich jetzt mal mit Marko telefonieren!« Bente nahm das Handy von Sandra Rossberg, wählte den Kontakt aus und drückte auf das Hörersymbol. Nach dem dritten Klingeln wurde das Gespräch angenommen. »Sandra! Wo bist du?«

Bente hielt ihre Hand über das Mikro und flüsterte hektisch: »Die Polizei hat mich verhaftet!«

»Und da rufst du mich an, ausgerechnet mich?« Plötzlich war die Verbindung unterbrochen. Er hatte aufgelegt.

Erik, der seit einer Minute in der Tür stand, hob den Daumen. »Wir stehen überall bereit!«, sagte er, drehte sich um und ging.

»Seid vorsichtig, er ist vielleicht bewaffnet!«, rief Bente ihm nach.

Karin Kessler raunte Heike zu: »Würden Sie mich bitte aufklären?«

»Wenn er noch auf der Insel ist, dann macht er sich genau jetzt auf den Weg in Richtung Festland und läuft den Kollegen direkt in die Arme«, flüsterte Heike verschwörerisch zurück.

»Aaah, äußerst gerissen, Frau Brodersen«, wandte Kessler sich an Bente. »Ihn mit Rossbergs Handy anzurufen, war die perfekte Täuschung!«

»Sind Sie schon an Herrn Schneider dran?«, erkundigte Bente sich.

»Nein, ich werde die nächsten Stunden warten, ob dieser Marko in die Falle tappt. Seine Vernehmung dürfte uns Informationen geben, mit denen ich dann gezielt Schneider konfrontieren kann!«

Bente nickte. Die Staatsanwältin hatte ein großes Interesse an dem Verdächtigen. Allerdings war Mord ein schwereres Verbrechen als Korruption und sie würde sich nicht hinten anstellen bei der Vernehmung!

Kessler räusperte sich. »Ich habe heute Morgen die Leitung der Ermittlungen in den beiden Mordfällen übertragen bekommen. Die Verflechtungen zu dem Korruptionsfall sind der Grund für diese Entscheidung.«

Bente stöhnte lautlos auf.

»Dann sind Sie jetzt unsere Chefin?«, rief Klemme überrascht.

»Als Staatsanwältin bin ich der Polizei gegenüber zwar weisungsbefugt, aber nicht Ihre Vorgesetzte.« Ihr Blick ruhte auf Bente, die sich gefasst hatte.

»Wir arbeiten seit Tagen eng zusammen und so wird es bis zur Lösung der Mordfälle und Aufklärung des Korruptionsfalls auch bleiben! Mein Team und ich stehen Ihnen zur Verfügung, Frau Staatsanwältin!«

»Dann zeigen Sie mal, was Sie können!«, rief Erik. Er hatte die Tür aufgerissen und Bente erkannte die Sorge in seinen Augen.

»Was ist passiert?«, rief sie alarmiert.

»Vor einer Minute gab es einen Schusswechsel an der Verladestation zum Autozug! Ein Kollege wurde verletzt, der Täter ist in das Bahnhofsgebäude geflüchtet und hat eine Geisel genommen!«

Kapitel 29

Sie war in Morsum in die Regionalbahn gestiegen und hatte sich einen Sitzplatz ergattert. Zu dieser Zeit waren die Abteile voll. Sie kannte die meisten Gesichter. Viele Fahrgäste wohnten auf dem Festland und pendelten täglich zu ihrer Arbeit auf der Insel.

Gesichter konnte sie sich gut merken, es regte ihre Phantasie an, sich verschiedene Schicksale zu den einzelnen Personen auszudenken. An diesem Morgen saß ihr gegenüber ein Paar, dessen Rucksäcke wahrscheinlich mit Tagesproviant und einem Reiseführer gefüllt waren. Der Mann lächelte die Frau verträumt an, sie schienen frisch verliebt zu sein. An seiner rechten Hand trug er einen Ehering. Ihr Blick wanderte zu den feingliedrigen Händen der Frau. Sie trug keinen Ring, allerdings war die Haut an der Stelle ihres Ringfingers heller und sie kratzte sich ununterbrochen an dieser Stelle. Offenbar eine allergische Reaktion, das konnte plötzlich auftreten, auch nach mehreren Jahrzehnten ohne Beschwerden. Aber es konnte sich bei den beiden Mittvierzigern auch um ein heimliches Liebespaar handeln. Die Kinder waren vielleicht ausgezogen und eine vergessen geglaubte Leidenschaft verband dieses Paar. Bei dem ständigen Tasten nach dem nicht vorhandenen Ehering konnte es sich um eine unbewusste Reaktion auf das schlechte Gewissen gegenüber ihres unwissenden Ehemannes handeln, der ihr beim Abschied noch viel Spaß bei ihrem Klassentreffen auf Rügen gewünscht hatte.

Der Zug bremste quietschend bei der Einfahrt in den Sackbahnhof Westerland und sie verfolgte, wie der Mann seiner Geliebten die Hand auf den Rücken legte und ihr den Vortritt ließ. Hinter ihnen trat sie die Stufen des Waggons hinab auf den Bahnsteig, wo sie die beiden aus den Augen verlor.

Wie jeden Morgen öffnete sie die Tür des Bahnhofgebäudes und sah hoch zu dem kunstvoll verzierten Deckenrelief mit den riesigen Kronleuchtern.

Ein Schuss peitschte knallend durch die Luft und sofort brach Panik in der Halle aus. Sie sah einen bewaffneten Mann durch die grünweißen Schwingtüren auf sich zustürzen. Vier Polizisten, ebenfalls mit gezogener Waffe, folgten ihm mit nur drei Sekunden Abstand. Für einen kurzen Augenblick traf sie der Blick des Mannes und sie sah die Hilflosigkeit in seinen Augen. Im nächsten Moment drehte er ihr brutal den Arm auf den Rücken und sie spürte den Lauf der Waffe unter ihrem Kinn.

»Bleibt, wo ihr seid!«, schrie er den Polizisten zu.

Sofort steckten die Beamten ihre Waffen in die Holster und hoben die Hände. Sie wusste, dass Deeskalation angesichts einer Geiselnahme das oberste Gebot war. Der Mann dirigierte sie langsam rückwärts in die Bahnhofsbäckerei, aus der alle Kunden geflüchtet waren. Er befahl einer Verkäuferin, die schockstarr hinter dem Tresen stand, die Eingänge zu verschließen.

Bente traf acht Minuten später im Bahnhofsgebäude ein und sah auf den Geiselnehmer in der Bäckerei. Als sie die Geisel erkannte, traute sie ihren Augen nicht. Das konnte kein Zufall mehr sein!

Kapitel 30

Eine Geiselnahme im Bahnhofsgebäude bedeutete eine Art Super-GAU für die Sylter Polizei. Binnen Minuten war der gesamte Polizeiapparat von Sylt im Einsatz. Umliegende Straßen und Gebäude wurden abgesperrt, Züge auf der Strecke gestoppt und die Verladestation für den Autozug geräumt. Unwillig verließen die Fahrer ihre Fahrzeuge und folgten den Polizisten und Bahnmitarbeitern hinter die Absperrungen. Vielen Fahrgästen ging die Geiselnahme zwar nahe, aber nicht so nahe, dass sie dafür ihre Reisepläne verschieben wollten. Allerdings gewannen bei den meisten Neugier und Sensationslust die Oberhand. Sie genossen das Gefühl, einem Geiseldrama beizuwohnen, und drängten sich in die vorderste Reihe, in der Hoffnung, einen Blick auf das Geschehen werfen zu können. Statt dieses Gebiet zu meiden, kamen immer mehr Schaulustige aus der Stadt, sodass Erik weitere Kollegen zu den Absperrungen beordern musste.

Die Kripo hatte eiligst in dem Pavillon der Touristinformation eine behelfsmäßige Einsatzzentrale eingerichtet.

Flackner war bereits auf dem Verladegelände und stellte den Wagen des Geiselnehmers sicher. Ein Beamter hatte den

Mann vom Fahndungsfoto erkannt und aufgefordert, sein Fahrzeug zu verlassen. Ohne Vorwarnung hatte der Mann auf ihn geschossen.

Klemme und Timme standen per Funk und Hotline mit der Einsatzzentrale in Kontakt und koordinierten das Geschehen über ihre Rechner. Heikes Aufgabe war es, als Schnittstelle zwischen den Kollegen der Wache und ihrer Chefin zu fungieren. Bente hockte mit dem Rücken an der Wand neben der Bäckerei. Sie konzentrierte sich auf die bevorstehende Aufgabe.

»Wie wollen Sie vorgehen?« Kessler trug eine Schutzweste und war durch den Haupteingang zu ihr geschlichen. Der Geiselnehmer konnte diesen Bereich von seinem Standort aus nicht einsehen.

»Ich werde Kontakt aufnehmen und mir seine Forderung anhören.«

»Die Verhandlungsgruppe des LKA ist angefordert, wir könnten auf ihr Eintreffen warten?«

Bente schüttelte den Kopf. »Die Zeit haben wir nicht. Selbst mit Hubschrauber dauert es zu lange, bis sie hier sind. Der Geiselnehmer hat mit dem Schuss auf den Kollegen bewiesen, dass er keine Hemmungen hat, seine Waffe einzusetzen!« Sie würde alles daran setzen, diese Geiselnahme unblutig zu beenden. Die Verhandlungsstrategien bei Geiselnahmen kannte sie von Fortbildungen, war aber in all den Dienstjahren noch nie in einer solchen Situation gewesen. Die Verantwortung lastete schwer auf ihren Schultern und sie versuchte, den Druck wegzuatmen. »Lassen Sie mich versuchen, Zeit zu gewinnen!« Natürlich würde der Mann freies Geleit fordern, das erforderte Vorbereitungen, die wiederum

Zeit brauchten. Ihre Aufgabe war es, ihn davon zu überzeugen, seine beiden Geiseln freizulassen.

Bentes Funke knackte. »Der Wagen ist auf Marko Kubacki zugelassen«, informierte Heike sie. »Klemme und Timme recherchieren auf Hochtouren, er ist einundvierzig und hat in Polen eine achtjährige Haftstrafe wegen räuberischer Erpressung abgesessen.«

»Hat er Familie?«

»Nichts bekannt.«

Bente seufzte. Familienangehörige konnten in Verhandlungen wichtig sein, um einen Zugang zum Geiselnehmer zu finden.

»Klemme soll alles über die Mitarbeiterin des Fundbüros herausfinden, Merten, Sina oder Sandra oder so.«

»Okay, warum jetzt?«

»Sie ist eine der Geiseln!«

Karin Kessler horchte auf. »Was?«

»Ich will sichergehen, dass wir nichts übersehen! Vielleicht gehört sie zu Marko Kubacki!«

»Es wird eine weitere Verkäuferin vermisst, vielleicht hat sie es nicht rausgeschafft und versteckt sich irgendwo in der Bäckerei!« Heike hatte bereits mit der Zentrale des Backshops gesprochen und sich die Namen der Mitarbeiterinnen geben lassen.

Bente nickte. »Ich werde mich durch die Glasfront zur Halle mit ihm unterhalten, vorausgesetzt, er lässt mich so weit vor. Wir müssen unbedingt in Erfahrung bringen, wie viele Geiseln er in seiner Gewalt hat!« Sie sah zuerst die Staatsanwältin und dann Erik an, der mit der Waffe im Anschlag hinter einem Türrahmen stand. Sie sah ihm seine Angst an und lächelte ihm aufmunternd zu. Es tat gut, zu wissen, dass er sie schützte. Sie musste sich unbewaffnet diesem Marko Kubacki gegenüberstellen. Erik wusste, dass das Letzte, was ein Verhandlungsführer brauchte, die persönlichen Belange eines Partners waren. Jetzt war Bentes vollste Konzentration und Aufmerksamkeit gefragt. Die richtige Strategie war bei einer Geiselnahme das A und O. Es war ihre Aufgabe, den Geiselnehmer zu überzeugen, seinen Plan aufzugeben, obwohl unweigerlich eine Gefängnisstrafe auf ihn wartete. Es brauchte gute Argumente, um eine Eskalation zu verhindern.

Das Motiv der Geiselnahme war offensichtlich. Kubacki hatte nicht so schnell nach dem Anruf mit der Fahndung nach ihm gerechnet. Es war wichtig, ihm die Möglichkeit zu geben, seine Geschichte zu erzählen. Bente musste versuchen, sein Vertrauen zu gewinnen.

Sie atmete ein letztes Mal tief durch, stemmte sich von der Wand ab und trat mit erhobenen Händen in die Mitte der Bahnhofshalle.

Langsam und ohne hastige Bewegungen näherte sie sich der Bäckerei. »Ich bin unbewaffnet und möchte mit Ihnen reden, Herr Kubacki.«

Damit zeigte sie ihm, dass ihr seine Identität bekannt war. Ihr Interesse galt ausschließlich dem Wohl der Geiseln. Sie atmete tief durch. Es war wichtig, dass sie ehrlich zu ihm war.

»Zuerst muss ich mich davon überzeugen, ob es den Geiseln gut geht oder jemand medizinische Hilfe benötigt.«

Aus der Bäckerei war kein Laut zu hören. Ein Blick in den hinteren Bereich des Ladens war wegen der Spiegelungen der Glasfront nicht möglich.

»Können Sie mich hören, Herr Kubacki?«

»Verschwinden Sie und lassen Sie uns gehen!«, schrie er. Bente hörte seine Anspannung und Nervosität. Sie musste ihn beruhigen. »Darüber können wir gerne reden. Aber ich muss mich erst davon überzeugen, dass es allen gut geht.«

Plötzlich stolperten zwei Verkäuferinnen in roter Schürze zur Scheibe. Sie drückten ihre Körper mit erhobenen Händen gegen das Glas. In ihren Gesichtern sah Bente die Todesangst. Hinter ihnen tauchte Kubacki mit seiner dritten Geisel auf. Er hielt nach wie vor die Waffe an ihren Hals.

Sinje Merten, schoss es Bente durch den Kopf. Sie erinnerte sich in diesem Moment an den Namen der Mitarbeiterin des Fundbüros. Im Gegensatz zu den angstvollen Gesichtern der Verkäuferinnen wirkte sie gefasst.

Geiselopfer waren einem extremen emotionalen Stress ausgesetzt. Wenn diese Frauen in Panik gerieten, würde die Situation unkalkulierbar eskalieren. Geiselopfer dachten nicht rational oder logisch. Außerdem beschäftigte sie die Frage, weshalb ausgerechnet Sinje Merten als Geisel genommen wurde. Die beiden Verkäuferinnen waren zufällig in Kubackis Gewalt geraten, aber die Mitarbeiterin des Fundbüros schien diese Geiselnahme nicht aus der Fassung zu bringen. Was bedeutete das?

»Wir sorgen dafür, dass Ihnen nichts passiert!«, rief sie den Frauen zu.

»Sie sollen dafür sorgen, dass wir hier rauskommen, dann passiert keinem was!«, schrie Kubacki und richtete seine Waffe kurz auf die beiden Verkäuferinnen, die entsetzt auf die Knie fielen und im Vierfüßlerstand zurück zum Tresen krabbelten.

»Das werde ich«, stimmte Bente ihm zu. Solange er mit ihr redete, würde er niemanden erschießen. Sie musste ihn im Gespräch halten.

»Wir arbeiten mit Hochdruck an einer Lösung, Herr Kubacki.« Bente war bewusst, dass sie ihn letzten Endes nur zum Aufgeben bewegen konnte, bevor das MEK die Bäckerei stürmen würde. Im Hintergrund wurde an Plänen gearbeitet, wie sich das mobile Einsatzkommando Zugang zu dem Geschäft verschaffen konnte. Aus dem Augenwinkel sah sie Erik winken. Zentimeterweise schob sie die Füße zurück und hielt die Augen auf die Bäckerei gerichtet.

»Was tun Sie da?«, rief Kubacki ihr zu.

Das war ein gutes Zeichen. Es zeigte ihr, dass er ihre Anwesenheit vor dem Laden akzeptierte.

»Mein Kollege hat eine Nachricht für mich«, erklärte sie.

»Ich warne Sie, keine Tricks!«

»Mein Ziel ist, eine friedliche Lösung zu finden«, versicherte sie ihm.

Erik sprach leise auf sie ein. Bente nickte.

»Habt ihr schon was zu Sinje Merten?«, wandte sie sich an Heike, die hinter dem Türrahmen stand. Alle Kollegen hielten sich außer Sichtweite des Geiselnehmers auf. Kubacki sollte darüber im Unklaren gelassen werden, wie viele Beamte im Einsatz waren.

»Vollkommen unauffällig. Wir können keinen Hinweis auf irgendeine Verbindung zu ihm oder den beiden Mordopfern finden, auch nicht zu Sandra Rosseberg.«

»Also wirklich Zufall?« Bente glaubte an Zufälle genauso wenig wie an Märchen.

Heike zuckte mit den Schultern. »Sieht ganz so aus!«

»Okay, was ist mit dem MEK?«

»Trifft in fünfundzwanzig Minuten ein.«

Bente rollte mit den Augen. Offenbar waren erst zehn Minuten vergangen.

»Irgendwas über Kubacki?«

»Flackner ist am Wagen dran. Sobald er was hat, lass ich es dich wissen.« Heike sah sie ernst an. »Pass auf dich auf, Brodersen.«

»Mach ich, er braucht mich, um da rauszukommen.« Damit drehte sie sich um und näherte sich ein weiteres Mal langsam und mit erhobenen Händen der Glasfront. Noch nie hatte sie den imposanten Leuchter wahrgenommen, der von der kunstvoll verzierten Decke hing.

Drei Meter vor dem Geschäft blieb sie stehen. »Dem Kollegen, den Sie angeschossen haben, geht es gut. Er befindet sich außer Lebensgefahr.«

Diese Information sollte ihn beruhigen. Er würde nicht des Mordes an einem Polizisten angeklagt werden. Trotzdem musste ihm klar sein, dass er mit einer Mordanklage im Fall Reiterer zu rechnen hatte. Das engte den Verhandlungsspielraum für Bente enorm ein.

Bei jeder Geiselnahme spielte die Zeit eine entscheidende Rolle. Verlief die erste Stunde ohne Todesopfer, stieg die Chance auf eine friedliche Lösung mit jeder Minute. Je länger ein Geiselnehmer sich der Ausweglosigkeit seiner Situation bewusst war, desto größer wurde seine Kompromissbereitschaft. Spielten anfangs meist Forderungen nach freiem Geleit oder die Übergabe eines Geldkoffers eine entscheidende Rolle, wich mit zunehmendem Realitätsbewusstsein die Dramatik der Resignation. Dann wurde die Zusicherung von Hafterleichterungen verhandelt.

Von diesem Punkt war Bente zwar weit entfernt, aber sie hatte ein klares Ziel vor Augen. Sie dachte an Melanie Reiterer, die erschlagen in den Dünen gelegen hatte, und an die verängstigte Sandra Rossberg. Sie musste ihn nach dem

Motiv für die Morde fragen, ihm die Möglichkeit geben, seine Sicht auf die Dinge zu äußern.

»Was tun Sie, um mich hier rauszubringen?«, rief Kubacki wütend. »Wenn Sie mich hinhalten, werden Sie das bitter bereuen!«, drohte er lautstark.

»Wir arbeiten daran, Herr Kubacki. Schließlich sind wir hier auf einer Insel. Das ist nicht so einfach, aber ich warte genauso ungeduldig wie Sie auf einen Hubschrauber, das können Sie mir glauben!«

Aus dem Inneren des Geschäfts kam keine Antwort.

»Herr Kubacki?«

Stille.

Bente schaute sich kurz um und suchte Eriks Blick. Er streckte ihr einen erhobenen Daumen entgegen.

»Lassen Sie uns über Melanie Reiterer sprechen!«, rief sie.

Immer noch herrschte eine erdrückende Stille.

»In welcher Verbindung standen Sie zu ihr?«

»Was geht Sie das an?« Endlich sprach er wieder.

»Hatten Sie Streit?«

Keine Reaktion.

»Tun Sie bitte nichts Unbedachtes, Herr Kubacki,« versuchte sie, ihn zurück ins Gespräch zu holen, als ein Schuss fiel. Unmittelbar darauf gellte ein panischer Aufschrei durch die Bahnhofshalle.

Kapitel 31

Sinje Merten wusste, dass die Hauptkommissarin sie sofort wiedererkannt hatte. Obwohl sie sich in der Gewalt eines unberechenbaren Mannes befand und unter ihrem Kinn den Lauf einer Waffe spürte, befiel sie keine Panik. Der Schock würde später einsetzen, da war sie sich sicher. Aber jetzt spürte sie das Adrenalin durch ihren Körper schießen und nahm alles um sich herum mit einer Schärfe wahr, die sie faszinierte. Sie konnte sich auf ihre Intuition verlassen, ähnlich wie bei einem Beinaheverkehrsunfall, bei dem nur der richtige Reflex einen Zusammenprall mit einem anderen Fahrzeug oder Wild verhinderte. Erst später, häufig mehrere Stunden nach solch einer Situation, realisierte das Gehirn die überstandene Todesgefahr und die Betroffenen brachen zitternd und schluchzend zusammen. Interessiert beobachtete sie die verängstigten Verkäuferinnen. Sie sah die Angst in ihren Augen und versuchte, sie mit ihrem Blick zu beruhigen. Solange die Geiseln sich ruhig verhielten, drohte ihnen keine Gefahr. Aber Angst konnte zu unkontrolliertem Verhalten führen und bei einem Fluchtversuch würde der Mann Gebrauch von seiner Waffe machen!

Sinje konzentrierte sich auf die Worte der Hauptkommissarin, die mit erhobenen Händen auf der anderen Seite der Glasfront stand und versuchte, den in die Enge getriebenen Mann in einem Gespräch zu halten. Vertrauen aufzubauen und dem Geiselnehmer einen realistischen Weg aus der Situation aufzuzeigen, waren die empfohlenen Deeskalationsansätze. Das wusste Sinje als leidenschaftliche Konsumentin von True Crime Stories. Außerdem war sie sowohl begeisterte Hörerin mehrerer Podcasts, in denen es um die Psyche der Täter ging, als auch Abonnentin des *STERN True Crime* und *ZEIT Verbrechen*. Andere Leute hatten Hobbys wie Sport oder Haustiere oder eine große Familie, sie selbst war süchtig nach Verbrechen. Insbesondere der psychologische Aspekt aus Sicht des Täters interessierte sie. Diese Geiselnahme hatte etwas Surreales, als würde sie als Statistin in einem Kriminalfilm mitspielen. In ihrem Kopf spielte sie die nächsten Schritte durch. Die Hauptkommissarin war gut. Sinje bewunderte die von ihr ausgehende Ruhe und Besonnenheit. Diese Frau war nicht minder gefährdet wie die Geiseln. Der Mann hatte offenbar bereits auf einen Kollegen von ihr geschossen.

Sie überlegte, ihren Peiniger anzusprechen. Geiselnehmer töteten ihre Geiseln seltener, wenn sie die Person hinter dem Mittel zum Zweck sahen.

Als er sie hinter den Verkäuferinnen her Richtung Glasfront dirigiert hatte, war die Waffe an ihrem Kinn nicht zu spüren gewesen. Das war ein gutes Zeichen. Offenbar war seine anfängliche Panik einem realistischen Abwägen seiner Erfolgschancen gewichen.

Sinje sah in das Gesicht der Hauptkommissarin, die nur drei Meter vor ihr in der Bahnhofshalle stand.

»Verhaltet euch ruhig, sonst …!«, raunte Kubacki ihnen zu, richtete die Waffe für einen kurzen Moment auf die Verkäuferinnen und legte sie dann wieder an ihren Hals. Sie verfolgte gebannt das Gespräch zwischen Kubacki und der Hauptkommissarin. Plötzlich vernahm sie den Namen Melanie Reiterer und jäh wurde ihr bewusst, dass dieser Mann, in dessen Gewalt sie und die beiden anderen Frauen sich befanden, der gesuchte Mörder der toten Frau in den Dünen sein musste. Das bedeutete, dass er nichts zu verlieren hatte.

»Wie kommen die auf Mel?«, murmelte er überrascht vor sich hin.

»Kannten Sie sie gut?«, fragte Sinje zaghaft.

»Was?«, blaffte er zurück.

»Kannten Sie die Tote in den Dünen gut?«

Er winkte ab. »Schlimme Sache, was ihr passiert ist«, flüsterte er.

Sinje atmete erleichtert aus. Kubacki hatte sie nicht zurechtgewiesen, sondern geantwortet.

»Sie hat bei *Gosch* in List gearbeitet, oder?«, versuchte sie, das Gespräch in Gang zu halten.

»Gearbeitet?«, erwiderte er zynisch. »Ja, aber nicht mehr so, wie sie sollte!« Er schnaufte verächtlich. »Ich dachte, sie wäre über alle Berge und dann wird ihre Leiche gefunden, so ein Schlamassel!« Wieder hatte es den Anschein, als würde er mit sich selbst reden.

Sinje beobachtete konzentriert sein Gesicht in der Spiegelung der Scheibe. Er schien ratlos zu sein.

»Über alle Berge, was meinen Sie damit?«, fragte sie mit ruhiger Stimme.

»Na, abgehauen auf's Festland, sie wollte aussteigen!« Plötzlich stöhnte er unwirsch auf und sie spürte wieder den Lauf der Waffe am Kinn. »Das geht Sie gar nichts an, verstanden?«

Sinje zuckte zusammen und nickte vorsichtig, während die beiden Verkäuferinnen sich weinend aneinanderklammerten.

»Ist Ihnen klar, dass die Polizei Sie für den Mörder hält?«

»Ich soll Mel ...?« Er hob die Waffe und schoss.

Das Kreischen der beiden anderen Geiseln war markerschütternd. Verzweifelt stürzten sie zu Boden und verschränkten die Arme über dem Kopf.

»Hört auf, sofort!«, befahl er und richtete die Waffe auf sie. Aber die Drohung bewirkte nur das Gegenteil. Die Schreie wurden noch lauter, zu groß waren das Entsetzen und die Angst.

Kapitel 32

Das MEK aus Kiel war noch nicht eingetroffen. Erik wurde in diesem Moment bewusst, dass Bente sich in größter Gefahr befand. Er griff zu ihrer Dienstwaffe, die sie ihm übergeben hatte, bevor sie dem Geiselnehmer gegenübergetreten war.

Im nächsten Moment hallten mehrere Schüsse durch die Bahnhofshalle. Alle duckten sich. Auch Bente warf sich flach auf den Boden. Die Schreie zeigten ihr, dass mindestens eine der Geiseln noch lebte.

Auf dem Boden liegend, robbte sie einen Meter zurück und wandte den Kopf zu ihren Kollegen. »Wieviele Schüsse waren das?«

In den Gesichtern sah sie die Unsicherheit.

»Ich muss wissen, wie viele!«

»Fünf, oder sechs!«, rief Erik leise und stieß Bentes Dienstwaffe wie eine Bowlingkugel über den blankpolierten Boden zu ihr. Bente griff zu der Sig Sauer P9, entsicherte sie und richtete den Lauf auf die Glastür der Bäckerei. Sie selbst hatte sechs Schüsse gezählt, aber sie brauchte eine Bestätigung. Als Kubacki die Waffe nach oben gehalten hatte, hatte sie eine Walther PPS M1 erkannt. Das Magazin dieses Modells konnte acht Kugeln aufnehmen.

Bei dem Schusswechsel am Verladeterminal des Autozuges hatte Kubacki einen Schuss auf den Kollegen abgefeuert, einen weiteren in der Bahnhofshalle, als er seine Geisel nahm und in die Luft feuerte, und jetzt fünf oder sechs, von denen nicht klar war, ob er die Waffe gegen die Geiseln gerichtet hatte. Konzentriert schloss sie die Augen und ließ die Schüsse in ihrer Erinnerung nachhallen. Es waren sechs!

Im nächsten Moment fiel der dumpfe Schuss eines G 3 Gewehrs. Sie kannte das Geräusch, die Polizei hatte diese Waffe aus Bundeswehrbeständen übernommen.

Das Glas zerbarst in tausend Stücke. Die Tür fiel wie ein Kartenhaus in sich zusammen.

Bente hielt ihre P9 weiterhin im Anschlag und sah Kubacki zu Boden sinken. Plötzlich stürmte ein halbes Dutzend Beamter an ihr vorbei und stürmte die Bäckerei unter lautstarken Rufen.

Die beiden Verkäuferinnen liefen ihnen mit erhobenen Händen entgegen und wurden sofort von den bereitstehenden Sanitätern in Empfang genommen.

Bente erhob sich hastig und sah die Staatsanwältin auf sich zueilen.

»Ich habe den Schießbefehl erteilt!«, erklärte sie. Bente starrte sie an. Sie war die Verhandlungsführerin gewesen, aber durch die Schüsse und Schreie war die Situation eskaliert, sodass Kessler gezwungen wurde, zu handeln.

»Wie viele Schüsse hatte er abgegeben?«, fragte Bente emotionslos.

»Sechs.«

»Habe ich auch gezählt.« Bente starrte auf die Stelle, wo die Sanitäter um das Leben von Kubacki kämpften. »Es war keine Patrone mehr im Magazin«, murmelte sie leise. »Wir hätten nicht schießen müssen!«

»Ich musste eine Entscheidung treffen!«, verteidigte sich die Staatsanwältin. »Der Schutz der Geiseln hatte oberste Priorität!«

»Ich mache Ihnen keinen Vorwurf.«

Bente ließ die Staatsanwältin stehen und ging zu dem Notarzt. »Wie steht es um ihn?« Kubacki lag in einer ständig größer werdenden Blutlache.

»Schuss in den Unterleib mit Nierenblutungen. Die OP wird bereits vorbereitet«, erklärte er knapp.

Sie ging wortlos weiter zu dem Platz, wo eine Sanitäterin Sinje Merten versorgte.

»Geht es Ihnen gut?«

Merten nickte, während ihr eine Blutdruckmanschette angelegt wurde. »Er hat das Magazin geleert und sechs Mal in die Luft geschossen.« Sie hob ihren Kopf und deutete auf die Decke, wo Bente sechs Einschusslöcher zählte.

»Woher wissen Sie, wie viele Patronen in das Magazin seiner Waffe passen?«, fragte sie verwundert.

»Wusste ich nicht, aber er hat sieben Mal abgedrückt und beim letzten Mal hat es nur geklickt.«

»Wieso hat er ausgerechnet Sie als Geisel genommen?«

»Ich war zur falschen Zeit am falschen Ort!«, sagte sie achselzuckend. »Ich fahre täglich mit dem Zug von Morsum nach Westerland.«

Mit durchdringendem Blick musterte Bente die Mitarbeiterin des Fundbüros und schwieg. Sie kannte das Opfertrauma bei Geiselnahmen und wollte sie nicht unter Druck setzen, obwohl Sinje Merten einen ungewöhnlich gefassten Eindruck machte.

»Ich weiß, wie das für Sie aussehen muss«, versicherte Merten eifrig. »Ich tauche zweimal kurz hintereinander bei Ihren Ermittlungen auf der Bildfläche auf. Zufälle wecken in Ihrer Polizeiarbeit immer Zweifel, richtig?«

Bente nickte und schwieg eisern. Diese Frau war ihr nicht koscher. »Dreimal!«

Merten hob überrascht die Augenbrauen und presste die Lippen aufeinander.

»Denken Sie, ich habe nicht bemerkt, dass Sie gestern im *Cropinos* am Nebentisch gesessen haben?«

Verlegen trat die Frau von einem Bein auf das andere. »Natürlich haben Sie ...«, seufzte sie kleinlaut.

»Gestern Abend hätte ich es noch als Zufall durchgehen lassen, aber heute nicht mehr! Also: Was haben Sie mit der Sache zu tun?«

»Nichts!«

»Das kann ich schlecht glauben!«, konterte Bente scharf.

Sinje Merten schluckte nervös und endlich sah Bente den Schrecken in ihrem Gesicht.

»Es ist schwierig zu erklären, aber ich bin wohl süchtig nach True Crime«, stammelte sie.

»Ihr Ernst?«, polterte Bente los. »Ist das alles hier nur ein Spaß für Sie?«

Die Sanitäterin sah Bente tadelnd an, aber sie ignorierte den Blick.

»Das war wirklich reiner Zufall, glauben Sie mir. Zugegeben, gestern Abend bin ich Ihnen wirklich ins *Cropinos* gefolgt und habe Sie und Ihre Kolleginnen belauscht ...«

»Um was zu tun? Auf eigene Faust zu ermitteln? Was stimmt nicht mit Ihnen?«, fuhr Bente sie an.

»Ich weiß enorm viel über Verbrechen, Mord und Geiselnahmen. Ja, es mag Ihnen seltsam erscheinen, aber ich empfinde es als eine Art Ausgleich zu meinem Bürojob«, protestierte Sinje Merten halbherzig.

»Wir sind hier nicht bei *Mord ist ihr Hobby*!«, rief Bente fassungslos.

Die junge Frau wollte etwas sagen, wurde aber barsch unterbrochen. »Sie halten sich von mir, der Polizei und vor allen Dingen von den Ermittlungen fern, ist das klar?« Bentes Stimme ließ keinen Zweifel an ihrer Ernsthaftigkeit. »Seien Sie in einer halben Stunde in der Dienststelle, um Ihre Aussage zu Protokoll zu geben!«

Heike würde das übernehmen, sie selbst war viel zu verärgert über das Verhalten dieser Frau. Sensationsgeilheit war ihr abgrundtief verhasst. Schaulustige waren ihr schon ein Dorn im Auge, aber diese Merten schoss den Vogel ab! Was sie bei ihrer Arbeit am allerwenigsten gebrauchen konnte, war eine Hobbydetektivin, die sich und andere in Gefahr brachte mit ihrer Selbstüberschätzung!

Draußen in der Bahnhofshalle wurde der schwerverletzte Kubacki auf einer Trage in den RTW geschoben.

Bente fragte sich, was der Anlass gewesen war, dass er plötzlich das Magazin leergeschossen hatte. War es etwas gewesen, was sie zu ihm gesagt hatte?

Abrupt drehte sie sich um und eilte zurück zu Merten. »Was ist hier drinnen passiert, bevor er die Schüsse abgegeben hat?«

»Sie hatten von der toten Frau in den Dünen gesprochen, Melanie Reiterer.«

»Das war der Auslöser?«

Merten druckste etwas herum und senkte den Blick. »Nicht ganz, ich habe ihm gesagt, dass die Polizei ihn wegen des Mordes an ihr verdächtigt.«

»Sie haben was?«

»Ich weiß, dass Geiselnehmer statistisch gesehen seltener ihre Opfer töten, wenn sie eine Beziehung zueinander aufbauen«, flüsterte sie betreten.

Bente bemühte sich, ihre Selbstbeherrschung zu kontrollieren. In gewisser Weise stimmte das, was Sinje Merten sagte, aber es handelte sich um gefährliches Halbwissen. Diese Schuldzuweisung hätte Kubacki genauso gut wütend machen können. »Sind Sie wahnsinnig? Ein Verhandlungsführer bei einer Geiselnahme verfolgt eine wohldurchdachte Strategie unter vielen kriminalpsychologischen Gesichtspunkten! Sie haben nicht nur sich, sondern auch die beiden anderen Geiseln in höchste Lebensgefahr gebracht!«

Merten straffte ihre Schultern und hob den Blick. Bente sah in ihren Augen den aufkeimenden Trotz. »Sie können mir nicht vorwerfen, dass ich versucht habe, das Leben der zwei Verkäuferinnen und auch mein eigenes zu retten!«

Bente trat einen Schritt auf sie zu, sodass ihre Nasen sich fast berührten. »Sie haben Ermittlungsergebnisse genutzt, von deren Beweislast sie nicht die geringste Ahnung haben.« Bentes Wut verdunkelte ihre Stimme und Merten wich erschrocken zurück. Sie dachte an Kubacki. Hatte er das Magazin leergeschossen, um ein Unglück zu vermeiden?

»Was genau hat er vor den Schüssen gesagt?«, hakte sie nach.

»Ich soll Mel ...?, hat er gemurmelt, dann hat er den Kopf geschüttelt und in die Luft geschossen.« Sie zeigte auf den

Verkaufstresen und hob entschuldigend die Schultern. »Hab ich eben vergessen, dahinter liegt sein Handy!«

Bente zog Latexhandschuhe über und beförderte das Mobiltelefon in einen Plastikbeutel. »Sonst noch was?«

»Ja«, seufzte Sinje Merten.

Kapitel 33

Erst vier Stunden später wurde die Bahnstrecke Niebüll – Westerland für die Personenbeförderung wieder freigegeben. In dieser Zeit wurden Spuren gesichert und eine provisorische Scheibe in den Eingangsbereich der Bäckerei eingesetzt. Am Verladebahnhof des Autozuges stauten sich die wartenden Fahrzeuge mittlerweile kilometerweit. Zeugen wurden befragt und Aussagen zu Protokoll genommen.

Die Verhandlungsgruppe und das MEK aus Kiel waren von Kessler kurz vor der Landung über das Geschehen informiert worden. Die Teams kehrten umgehend nach Kiel zurück.

Die Geiseln waren unversehrt freigekommen, abgesehen von einem Schock ging es allen drei Frauen gut. Bente teilte die Erleichterung der Staatsanwältin, bewertete den Ausgang dieser Geiselnahme für sich selbst aber als mäßig erfolgreich. Ihr wäre ein vernehmungsfähiger Marko Kubacki lieber gewesen.

Karin Kessler koordinierte mit Heikes Hilfe die Zeugenaussagen, um ein lückenloses Bild der Ereignisse nachzuzeichnen. Für eine spätere Beweisaufnahme war jedes Detail wichtig. Kessler kannte die Schlupflöcher des Gesetzes, die es bei unsachgemäßen Beweisaufnahmen, Verhören und auch Zeugenaussagen den Anwälten ermöglichten, ihre Mandanten zu schützen.

In diesem Fall ermittelte die Staatsanwältin gegen Kubacki wegen des dringenden Tatverdachts des Doppelmordes, der Körperverletzung in Tateinheit mit einer Geiselnahme und des Vorwurfs der Korruption. Die Liste war lang und Kessler schätzte, dass allein das Verfassen der Klageschrift mehrere Wochen in Anspruch nehmen würde. Eine Gerichtsverhandlung würde es aller Voraussicht nach frühestens in einem dreiviertel Jahr geben.

Bentes Team hatte alle Hände voll zu tun. Kubackis Handy hatte Heike an sich genommen. Klemme würde sich daransetzen. Bente hatte ihrer jungen Kollegin einige Anweisungen gegeben und erklärt, dass sie einem Hinweis nachgehen müsse, den sie gerade erst erhalten habe. Sinje Merten war in Eriks Obhut. Er sollte sie auf der Wache in einem Vernehmungsraum festhalten, bis Bente eintreffen würde. Die Hobbydetektivin durfte ihr nicht noch einmal in die Quere kommen.

Als Bente an der Haustür des modernisierten Fischerhauses klingelte, legte sich ihr Ärger über Merten. Eine Frau öffnete die Tür und Bente wies sich wortlos aus, bevor sie ohne Umschweife erklärte: »Ich denke, Sie sollten mich aufs Revier begeiten.«

Die Frau nickte, nahm Jacke und Handtasche von der Garderobe und folgte ihr schweigend zum Bulli.

Kapitel 34

Wir haben kein freies Vernehmungszimmer mehr«, eröffnete ihr der Kollege am Empfang, als Bente mit der Frau die Wache betrat. Tatsächlich war der Platz in dem provisorischen Containerbau begrenzt. Es wurde höchste Zeit, dass die Umbauarbeiten an der alten Wache im Kirchenweg abgeschlossen wurden.

»Mir egal, räumen Sie ein Büro oder die Teeküche!«, forderte Bente ungehalten.

»Möchten Sie einen Anwalt hinzuziehen, Frau Schneider?«, wandte sie sich an ihre Begleiterin, die den Kopf schüttelte und mit den Tränen kämpfte.

Bente ging hinüber ins Büro und informierte ihr Team. Karin Kessler war ebenfalls dort und rief überrascht: »Die Frau des zweiten stellvertretenden Bürgermeisters Gerd Schneider?«

Bente nickte.

»Wie hängt das alles zusammen?«

»Es war Frau Schneider, die das Handy von Melanie Reiterer im Fundbüro abgegeben hat! Frau Merten hat ihre Identität herausgefunden.«

»Die Frau Merten, die auch Kubackis Geisel war?«

»Ja«, seufzte Bente.

»Und weshalb ist Frau Schneider jetzt hier zur Befragung?« Kessler setzte sich auf die Kante eines Schreibtisches. »Ich dachte, wir haben mit Kubacki den Tatverdächtigen?«

Bente berichtete von den Zeugenaussagen der Geiseln, insbesondere der von Merten, ohne deren absurdes Hobby zu erwähnen.

»Ihr Ernst, Frau Brodersen? Weil eine Geisel im Schockzustand glaubt, dass Kubacki nicht der Mörder von Melanie Reiterer ist?«

Bente schüttelte den Kopf und stellte sich an das Clipboard. »Klemme, ich brauche das Bildschirmfoto von Reiterers Handy auf dem Monitor!«

Bente schrieb den Namen Gerd Schneider auf das Board und umkreiste ihn. Dann wies sie auf den Mann auf dem Foto, das auf dem Bildschirm zu sehen war. »Das hier ist Gerd Schneider!«

»Das ist ...?« Kessler brach ungläubig ab.

Bente nickte.

»Und das ist uns nicht aufgefallen?«, hakte sie kopfschüttelnd nach.

Klemme zuckte mit den Achseln. »Sorry, aber niemand von uns kennt den zweiten stellvertretenden Bürgermeister.«

Bente ergriff das Wort. »Keine Ahnung, wie das alles zusammenhängt, aber wir haben Kubacki und Sandra Rossberg. Mit beiden werden wir reden, sobald die Ärzte uns grünes Licht geben. Jetzt sitzt Frau Schneider in der Wache und wartet. Sie war im Besitz des Handys der Toten und ihr Ehemann hatte offensichtlich eine Affäre mit ihr. Das wirft Fragen auf, und zwar jede Menge!«

Kessler nickte. »Wir sollten das koordinieren. Haben Sie Herrn Schneider schon benachrichtigt?«

Bente bejahte. »Zwei Beamte eskortieren ihn von seiner Kanzlei in die Wache.«

»Allein das Verhältnis zu Reiterer ist nicht strafbar. Sie hätte seine Tochter sein können, war aber volljährig«, gab Kessler zu bedenken.

»Das ist es in der Tat nicht, aber es ist seltsam, dass er sich nicht bei uns gemeldet hat, oder? Der Name des Mordopfers wurde in der Zeitung veröffentlicht!«

Kessler stimmte ihr nachdenklich zu.

»Und ausgerechnet seine Frau findet das Handy der Toten, das stinkt doch zum Himmel!«, schüttelte Klemme den Kopf.

»Können Sie sich darum kümmern, dass wir schnellstmöglich das Haus der Schneiders durchsuchen können?«

Die Staatsanwältin schüttelte energisch den Kopf. »Keine Chance, das haut mir jeder Richter um die Ohren. Dafür brauche ich mehr Indizien. Warten wir ab, was bei der Befragung herauskommt. Das Haus läuft nicht weg!«

Die Tür wurde geöffnet und ein Kollege trat ein. »Draußen steht ein Pjotr Wieczorek.«

Bente sah ihn fragend an. Einfach einen Namen als Information reinzurufen war nur bei Personen mit dem Bekanntheitsgrad von Obama, dem Papst oder Angela Merkel hilfreich. »Und?«

»Er sagt, er arbeitet bei *Gosch* und hat im Internet den Mann wiedererkannt!«

Bente und Heike riefen zeitgleich: »Rein mit ihm!«

Der Mittfünfziger betrat zögernd den Container. Offenbar fühlte er sich unwohl.

Bente kannte diese Unsicherheit von vielen Saisonarbeitern aus den osteuropäischen Ländern. Sie wollten so wenig wie möglich mit den Behörden und gar nichts mit der Polizei zu tun haben.

»Bitte sehr, Herr Wieczorek.« Bente bot ihm einen Stuhl neben ihrem Schreibtisch an. »Sie kannten Melanie Reiterer?«

Er nickte. »Mel und Sandra arbeiteten nicht wirklich bei *Gosch*.«

Bente hob die Augenbrauen. »Wie meinen Sie das?«

Er senkte verlegen den Blick. »Sie haben nebenbei gearbeitet, aber eigentlich nach Männern gesucht.«

Bente lehnte sich in ihrem Stuhl zurück. »Erzählen Sie von Anfang an, Herr Wieczorek. Möchten Sie vielleicht etwas trinken?« Sie lächelte ihm aufmunternd zu. Pjotr Wieczorek gehörte zu denjenigen, die bei einer Polizeibefragung nervös und vorsichtig waren, und deshalb wesentliche Details nicht erwähnten. Er würde seine Beobachtungen freier formulieren, wenn sie keine Fragen stellte.

»Ich sorge bei *Gosch* für sauberes Geschirr und Besteck. Oft gehe ich mit den Geschirrkörben durch den Laden. Da bekomme ich viel mit.«

Er sah auf und Bente nickte ihm zu.

»Dieser Mann mit den Geiseln am Bahnhof saß jedes Mal in der Ecke vom Tresen, wenn Mel und Sandra gearbeitet haben.« Wieczorek rieb sich nervös die Hände. »Er hat sie beobachtet, das habe ich genau gesehen.«

Wieder nickte Bente ihm zu. Sie wusste, dass es eine Verbindung zwischen den beiden jungen Frauen und Kubacki gab oder gegeben hatte, aber wie sah diese aus?

»Wissen Sie, die Leute heute schmeißen so viel von dem guten Essen weg, das sie teuer bezahlt haben. Meine Babunia würde sie alle ohrfeigen.«

»Ihre Babunia?«, fragte Bente irritiert.

»Meine Großmutter«, erklärte er. Dann schüttelte er den Gedanken ab und fuhr fort: »Der Mann und die Mädchen kannten sich.«

Bente registrierte, dass er die beiden Frauen wiederholt als Mädchen bezeichnete.

»Woran konnten Sie das erkennen?«

»Sie haben sich mit Blicken und Gesten verständigt. Der Mann hat immer einen Tee getrunken, immer an der gleichen Stelle am Tresen und ist gegangen, wenn die Mädchen gegangen sind.« Damit endete sein Bericht und er legte die Hände in den Schoß.

Seine Aussage ließ Bente spontan an Prostitution denken, aber Prostitution war ein Geschäft, bei dem alle Beteiligten wussten, wie es lief, dafür gab es auf Sylt entsprechende Etablissements. Wie sollte so etwas bei einem Nobelimbiss wie *Gosch* funktionieren? Es musste etwas anderes dahinterstecken. »Sind Mel und Sandra denn immer nach der Schicht in Begleitung verschiedener Männer weggegangen?«, fragte sie Pjotr Wieczorek.

Er schüttelte bedauernd den Kopf. »Das weiß ich nicht, da bin ich immer in der Küche, wenn der Service Feierabend macht.«

»Chefin?« Klemme sah Bente eindringlich an. »Das solltest du dir ansehen! Jetzt wird ein Schuh draus!«

Kapitel 35

Sie saß in der einfach eingerichteten Teeküche und sah in ihre Tasse. Draußen vor der Tür wartete ein Beamter auf weitere Befehle. Die Kommissarin hatte ihm aufgetragen, sie zu bewachen.

Ihr war bewusst, dass sie unter Verdacht stand. Die Chance, dass die Polizei sie ausfindig machen würde, war gering gewesen, aber sie hatte für diesen Fall Vorkehrungen getroffen.

Zu gegebener Zeit würde sie einen Anwalt beauftragen, aber noch war nicht der richtige Zeitpunkt. Erst musste sie in Erfahrung bringen, was die Kommissarin wusste.

Die beengte Teeküche rief die Erinnerung an längst vergangene Zeiten hervor und ihr Herzschlag schnellte in die Höhe.

Die Bilder von damals drängten sich in ihren Kopf. Sie sah die feiernden Menschen, die mitten in der Nacht auf einer Mauer tanzten. Über den Bildschirm des Fernsehers lief hellrotes Blut und die Schreie verstummten. Die dunkle Bedrohung hüllte sie in eine bewegungslose Starre. Lediglich ihre Augen folgten den bewegten Bildern im Fernsehen.

Sie wischte die Bilder beiseite und spürte wieder die Wut, die sich nicht beherrschen ließ. Eine Wut, die Tod und Rache mit sich brachte. Zu tief waren die Narben auf ihrer Seele.

Damals hatte sie stundenlang in einem Raum wie diesem gesessen. Jeder verfügbare Polizist war in dieser geschichtsträchtigen Nacht im Einsatz gewesen. Erst im Morgengrauen war eine Frau vom Jugendamt gekommen.

All die Jahre war es ihr mit Hilfe von Antidepressiva und Psychopharmaka gelungen, die Wut im Zaum zu halten. Bis sie von Gerds Affäre erfahren hatte. Die Nachricht hatte sie unvorbereitet getroffen. Anfangs war sie hilflos und verletzt gewesen, hatte sich zurückgezogen und in Selbstmitleid gebadet. Erst nach und nach war die Wut gekommen. Wie Eis, das in der Sonne schmolz, löste sich der Panzer um ihre Seele langsam auf. Zum Vorschein kam das längst vergessen geglaubte Grauen. Die Planung und Durchführung lenkten sie ab. Sie war nicht wie ihre Mutter, sie würde nicht ihr Schicksal erleiden!

Kapitel 36

Frau Kessler, ich denke, dies ist die Lösung Ihres Korruptionsfalls!« Bente winkte die Staatsanwältin zu sich.

Auf dem Monitor lief ein Video. Eine nackte Frau saß rittlings auf dem Schoß eines Mannes mit heruntergelassener Hose.

»Die Dashcams!«, rief Kessler.

Bente nickte und zeigte auf mehrere Dateien, viele der Namen standen auf der Liste der Staatsanwältin.

»Ich habe über Kubackis Handy Zugriff auf seinen iCloudspeicher erhalten«, erklärte Klemme stolz.

Bente deutete auf das Blumentattoo auf der nackten Schulter der Frau. »Das ist Melanie Reiterer.«

»Dann geht es gar nicht um Korruption, sondern um großangelegte Erpressung!«, seufzte Kessler.

»Das deckt sich mit den Beobachtungen von Pjotr Wieczorek.« Bente setzte sie von der Aussage des Küchenmitarbeiters ins Bild.

»Klingt nach Prostitution.«

Bente wandte sich an Klemme und Timme: »Könnt ihr so schnell wie möglich die Dateien mit den Namen auf der Liste abgleichen?«

Beide nickten wortlos.

»Vorrangig muss ich wissen, ob es eine Datei zu Gerd Schneider gibt!«

Timme sortierte mit wenigen Mausklicks die Dateien in alphabetischer Reihenfolge. »Bingo!« Er ließ das zugehörige Video abspielen und sie sahen wieder Reiterers Rücken mit dem Tattoo auf der Schulter. Dahinter war das Gesicht von Gerd Schneider deutlich zu erkennen.

Bente pfiff leise. »Jetzt haben wir ein Mordmotiv und gleich drei Verdächtige!« Sie trat an das Clipboard und unterstrich die drei Namen mit Rot.

»Laut Sandra Rossberg wollte Reiterer aussteigen. Damit war diese Erpressungsgeschichte gemeint. Das ist ein Mordmotiv für Kubacki.«

»Weshalb lässt sich ein Erpresser über eine nachvollziehbare Bankverbindung bezahlen? Das sind Einkünfte aus kriminellen Machenschaften. Sich das auf ein Konto überweisen zu lassen, ist, gelinde gesagt, dumm, oder?«, fragte Heike kopfschüttelnd.

Kessler widersprach: »Nein, im Gegenteil! Das Bankkonto ist auf einen falschen Namen eingerichtet und das Erpressungsopfer erhält einen Spendenbeleg, der bei der Steuererklärung eingereicht werden kann. Das ist ein ausgeklügelter Plan!«

»Okay, verstanden. Ist eine ungewöhnliche Methode, bringt aber viele Vorteile. Die Erpressungsopfer haben jeden Monat eine überschaubare Summe gezahlt. Für Marko

Kubacki eine lohnende Einnahme. Er hätte sich einfach absetzen können«, nickte Heike.

»Und keine Spur hätte sich zu ihm zurückverfolgen lassen!«, warf Bente ein. »Was wiederum bedeutet, dass sein Motiv fragwürdig ist.«

»Warum?«

»Jemandem, der sich ein so ausgeklügeltes System ausgedacht hat, müsste klar sein, dass eine Mordermittlung ihn und sein Geschäftsmodell in Schwierigkeiten bringt, oder?«

»Vielleicht war es eine Handlung im Affekt. Es kann zum Streit gekommen sein«, gab Heike zu bedenken.

»In einer regnerischen Nacht mitten in den Dünen? Außerdem macht mir ein weiteres Detail immer noch Kopfzerbrechen.«

»Und das wäre?«, bohrte Kessler nach.

»Das Kleid!«, seufzte Bente. »Mir will kein Grund einfall, weshalb es ihr ausgezogen wurde!«

»Ist aber nicht wirklich wichtig für den Fall, oder?« Klemme sah von seinem Bildschirm hoch.

»Menschen stolpern nicht über Berge, sondern über Maulwurfshügel!«, grinste sie.

»Touché!« Klemme zog einen imaginären Hut.

»Ich schlage vor,«, ergriff die Staatsanwältin das Wort, »dass wir, solange Kubacki nicht vernehmungsfähig ist, Frau Schneider zu den Vorfällen befragen.«

»Timme, ich brauche sofort jede Information über sie, also unterbrich die Befragung jederzeit, wenn du was gefunden hast!« Bente griff zum Telefon und rief in der Wache an.

Miriam Schneider wirkte gefasst, aber irgendetwas an ihr war verstörend. Bente stimmte sich wortlos mit Heike ab. Ihre bewährte Strategie, dass Heike unverfängliche Fragen stellen und Bente damit die Möglichkeit geben würde, sich auf die Mikroexpressionen zu konzentrieren, wurde von Karin Kessler jäh zerstört.

»Wissen Sie, weshalb Sie hier sind, Frau Schneider?«, übernahm die Staatsanwältin die Befragung. Heike starrte Bente an, die kaum merklich den Kopf schüttelte, was nichts anderes bedeutete, als *lass sie machen!*

»Ich kann es mir denken.«

»Hatten Sie Kontakt zu Melanie Reiterer?«

Schneider schüttelte den Kopf. »Da müssen Sie wohl eher meinen Mann fragen!«

Damit gab sie zu, von der Affäre ihres Mannes zu wissen. Bente kannte die Statistiken. Bei den meisten Morden handelte es sich um eine Beziehungstat.

»Wie haben Sie von der Beziehung Ihres Mannes zu Melanie Reiterer erfahren?«, mischte sich Bente ein.

»Er hat es mir nicht erzählt, aber es war nicht schwer, die Anzeichen zu erkennen.« Sie lächelte verächtlich. »Er ist zu dämlich, um ein Geheimnis zu bewahren.«

Bente beobachtete jeden ihrer Gesichtszüge. Sie hatte keine gute Meinung von ihrem Mann, soviel stand fest. Wenn sie von ihm sprach, verengten sich ihre Augen und die Lippen wurden schmal.

»Hatte Ihr Mann häufiger Affären?«

»Dafür ist er auch zu dämlich. Das Ganze muss von ihr ausgegangen sein!«

»Warum vermuten Sie das?«, ergriff Kessler das Wort.

»Ich bin ja nicht blind. Gerd ist kein George Clooney und weiß das auch. Die Schlampe war auf Geld aus!«

»Musste sie deswegen sterben?«

In Miriam Schneiders Blick lag weder Reue noch Mitleid. »Ihr ist passiert, was Ehebrechern immer passiert!«, erklärte sie achselzuckend.

»Wo waren Sie in der Nacht von Samstag auf Sonntag?«, fragte Bente. Flackner hatte den Todeszeitpunkt auf einen Zeitraum von acht Stunden bestimmt. Je länger ein Mensch tot war, desto fortgeschrittener war der Zerfallsprozess, an dem rückwirkend der Todeszeitpunkt festgestellt werden konnte. Melanie Reiterer hatte vier Tage in den Dünen gelegen, bevor ihre Leiche entdeckt wurde.

Frau Schneider sah erst Bente und dann die Staatsanwältin an. »Im Bett, wie jede Nacht.«

»Allein?«

Sie hob die Augenbrauen und nickte.

»Das kann also niemand bezeugen?«, hakte Kessler nach.

»Sie verdächtigen mich?«

»Wir ermitteln in alle Richtungen, um uns ein genaues Bild zu machen«, wich Bente der Frage aus. Noch wusste sie nicht, was sie von dieser Frau halten sollte.

»Kennen Sie Tim Liezen?«, übernahm Heike die Befragung, nachdem Bente ihr ein Zeichen gegeben hatte.

Frau Schneiders Lippen bebten kurz. Bente war sich sicher, dass ihr der Name etwas sagte.

»Von dem hab ich das doch alles!«

Heike, Bente und die Staatsanwältin starrten sie überrascht an. Damit hatten sie nicht gerechnet.

»Tim Liezen hat Ihnen von der Affäre erzählt?«, vergewisserte Bente sich.

»Er war vor einigen Wochen bei mir zu Hause und wollte, dass ich meinen Mann zwinge, die Affäre zu beenden.«

»Und? Haben Sie?«

»Was?«

»Ihren Mann gezwungen?«

»Nein, wieso auch?«

Bente wunderte sich zunehmend über Miriam Schneiders Gleichgültigkeit. »Haben Sie Ihrem Mann überhaupt von Tim Liezens Besuch bei Ihnen erzählt?«

»Nee, dann hätte er sich denken können, dass ich von seiner Liebelei weiß, oder?« Sie sah Bente an, als sei sie begriffsstutzig.

»Wie oft hatten sie Kontakt zu Tim Liezen?«, fuhr Heike fort.

»Nur dieses eine Mal!«

»Wo waren Sie in der Nacht von Mittwoch auf Donnerstag?«

»Im Bett, wie jede Nacht«, wiederholte sie monoton. »Ich gehe früh schlafen und stehe früh auf. Morgens laufe ich drei Kilometer, das reinigt den Geist!«

»War Ihr Mann in der Nacht zu Hause?«

»Ja, als ich schlafen ging, saß er in seinem Arbeitszimmer.«

»Wie sind Sie an das Handy von Melanie Reiterer gekommen?«

Miriam Schneider stieß entsetzt einen spitzen Schrei aus. »Das gehörte ihr? Oh, mein Gott!«

Bente hörte die Ironie heraus und schlug mit der flachen Hand auf den Tisch. »Halten Sie das alles für einen Spaß, Frau Schneider? Ist Ihnen bewusst, dass Sie sich mit ihren Aussagen selbst belasten?«

Sie schwieg und heftete ihre Augen auf Bente, die den Blick kühl erwiderte. Was führte diese Frau im Schilde?

»Nur fürs Protokoll, ich möchte Ihnen dringend anraten, einen Anwalt hinzuziehen«, wandte Kessler sich an Frau Schneider.

Ohne den Blick von Bente abzuwenden, sagte sie leise: »Untreue in einer Ehe ist das Schlimmste.«

Bente spürte, dass sie reden wollte. Ihre Reaktion war nicht nur seltsam, sondern zeigte das Bild einer Frau, der Schmerz zugefügt worden war. Sie musste zu ihr durchdringen, um ein Geständnis von ihr zu bekommen. Dass Miriam Schneider etwas verschwieg, war offensichtlich. Mit einem Handzeichen gab sie Heike und Kessler zu verstehen, ihr ins Büro zu folgen. Ein Beamter blieb im Verhörraum bei Schneider.

»Ich will sie erkennungsdienstlich behandeln. Sollten noch Schmauchspuren vorhanden sein, darf keine Zeit verloren werden«, erklärte Bente und Heike wählte bereits Flackners Nummer. Schmauchspuren waren auf der Haut noch mehrere Tage nach dem Abfeuern eines Schusses nachweisbar, an Textilien sogar noch länger.

»Immerhin bekomme ich nun einen Durchsuchungsbeschluss«, seufzte Kessler. »Sie hat uns nicht erklären können oder wollen, woher sie das Handy von Reiterer hatte!«

Bente nickte der Staatsanwältin zu, die bereits den Telefonhörer in der Hand hielt.

In diesem Moment trat ein Beamter in Begleitung von Gerd Schneider ins Büro. Bente erkannte ihn anhand der Silhouette auf Melanie Reiterers Bildschirmfoto.

»Sie halten meine Frau hier fest?«, donnerte er ohne Umschweife los. Er schien aufrichtig besorgt.

Bente nickte wortlos und beobachtete ihn aufmerksam. Spontan beschloss sie, das Überraschungsmoment zu nutzen. Konfrontation brachte häufig die aussagekräftigsten Mikroexpressionen zum Vorschein. »Sie hatten eine Beziehung zu der ermordeten Melanie Reiterer, Herr Schneider!«

Seine Mimik erstarrte für eine Millisekunde, bevor seine Pupillen sich weiteten. Er schluckte trocken, sank kraftlos auf einen Stuhl und senkte den Blick.

»Hat Miriam …?« Er ließ die Frage unvollendet.

»Ja, Ihre Frau wusste von Ihrer Affäre!«

»Das habe ich in den letzten Tagen geahnt …«, seufzte er. »Sie glauben doch nicht, dass sie …?« Wieder brach er die Frage ab.

Karin Kessler beendete das Telefonat und verkündete: »Sollte in wenigen Minuten per Fax kommen.« Dann erkannte sie den Mann, den sie wegen der Korruptionsvorwürfe hatte befragen wollen. »Herr Schneider, wie passend! Wenn Sie uns bitte begleiten würden, wir müssen Ihr Haus durchsuchen.«

»Haben Sie dafür einen Gerichtsbeschluss?«

Bente nickte. »Können Sie die Alibis Ihrer Frau für die Nächte von Samstag auf Sonntag und von Mittwoch auf Donnerstag bestätigen?«

»Ich verlange, einen Anwalt zu verständigen. Weder meine Frau noch ich werden ohne Beisein eines Anwaltes eine Aussage machen.«

»Das ist natürlich Ihr gutes Recht«, erwiderte die Staatsanwältin. Da Schneider ebenfalls Jurist war, überraschte sie dies nicht. Ihr war bewusst, dass bei der Hausdurchsuchung etwas gefunden werden musste, um einen begründeten Tatverdacht aufrecht zu erhalten. Sie nahm Bente kurz beiseite und sprach leise auf sie ein. »Ich werde aus Miriam Schneider nicht schlau. Was hat sie zu verbergen? Mit Marko Kubacki haben wir zwar einen dringend Tatverdächtigen, aber irgendwas ist doch faul an dieser Frau, oder?«

Bente wiegte den Kopf hin und her. »Ich denke, sie will uns etwas erzählen. Wir müssen nur die richtigen Fragen stellen.«

Während Bente zur Wache rüberging, um einige Beamte für die Hausdurchsuchung anzufordern, klatschte Klemme vor seinem Computer in die Hände. »Das gibt's doch nicht!«, rief er, sprang auf und rannte hinter seiner Chefin her. Ulrike sprang ihm vor die Füße und kläffte begeistert.

Bente wiegte den Kopf hin und her. »Ich denke, sie will uns etwas erzählen. Wir müssen nur die richtigen Fragen stellen.«

Während Bente zur Wache rüberging, um einige Beamte für die Hausdurchsuchung anzufordern, klatschte Klemme vor seinem Computer in die Hände. »Das gibt's doch nicht!«, rief er, sprang auf und rannte hinter seiner Chefin her. Ulrike sprang ihm vor die Füße und kläffte begeistert.

Kapitel 37

Berlin, 1989

Das Mädchen saß verängstigt in dem Aufenthaltsraum der Polizeiwache. Gisela Haubner war Mitarbeiterin des Jugendamts, aber für die organisatorischen Aufgaben tätig. Es war das erste Mal in all den Jahren, dass ihr Telefon im Bereitschaftsdienst geklingelt hatte. Und dann ausgerechnet heute, am Tag des Mauerfalls!

Als das Mädchen den Blick auf sie heftete, zuckte sie zusammen und schickte ein Stoßgebet gen Himmel.

Ohne Rücksicht auf das angetrocknete Blut an den Händen des Mädchens, zog sie die Jacke aus und wickelte sie um das verängstigte Kind, dessen Augen ausdruckslos ins Leere starrten.

Gisela Haubner hatte keine Kinder und war seit Jahren alleinstehend. Dieses verängstigte Mädchen, dessen Schicksal sie in der Polizeiakte gelesen hatte, brauchte jemanden, der sich um sie kümmerte! Kurzentschlossen fuhr sie mit ihr zu sich nach Hause. Ihr war klar, dass keine andere Einrichtung sich in dieser Ausnahmenacht um sie kümmern würde. Niemand würde diesem Kind den Schmerz und den Schock nehmen, aber sie würde ihm zumindest ein Gefühl von Geborgenheit geben.

Kapitel 38

Was ist?«, fragte Bente überrascht, als Klemme mit Ulrike über den Parkplatz zu ihr rannte.

Klemme sah verdutzt auf die Labradorhündin. »Sie ist wohl genauso aufgeregt wie ich.«

»Was gibt's, Klemme?«

»Es gibt eine Akte beim Jugendamt von Miriam Schneider. Die ist zwar gesperrt, aber die von ihren Eltern ist es nicht!«

»Mach's nicht so spannend!«

»Offensichtlich hat ihr Vater vor dreißig Jahren ihre Mutter im Streit erschlagen und sich dann selbst erschossen.« Klemme zwang sich, ruhiger zu atmen. »Die kleine Miriam war damals zehn Jahre jung und hat alles mitbekommen.«

Bente erstarrte. Unvermutet schossen ihr die Tränen in die Augen.

»Um Gottes willen!« Sie konnte sich kaum vorstellen, welch ein Trauma das für eine Zehnjährige bedeutete. »Schick mir die Akte aufs Handy, ich lese sie auf der Fahrt.«

Bente streichelte Ulrike über den Kopf und schickte sie mit Klemme zurück ins Büro.

Während Heike zu Schneiders Adresse fuhr, vertiefte sie sich in die Akte. In der Nacht des Mauerfalls war es zu einem lautstarken Streit in der Wohnung des Ehepaars Eisner gekommen. Laut Aussagen der Nachbarn war es immer wieder wegen der Affären des Mannes zu Streitereien gekommen. Laut kriminaltechnischem Protokoll war Frau Eisner durch einen harten Aufprall mit dem Kopf auf den Couchtisch gestorben. Herr Eisner hatte sich daraufhin erschossen. Bei der Waffe handelte es sich um eine alte Luger 08, die seinem Vater gehört hatte.

Als die Beamten am Tatort eingetroffen waren, hatte das Mädchen auf dem Boden gesessen, den Kopf der Mutter im Schoß.

Bente schluckte ergriffen. Jetzt ergab sich langsam ein Bild. Das Motiv für den Mord an Melanie Reiterer saß viel tiefer, als irgendjemand ahnen konnte!

Hatte die Affäre ihres Mannes Miriam Schneider dazu verleitet, die Geliebte ihres Mannes zu ermorden? Und zwar weniger aus Eifersucht, als vielmehr aufgrund des tiefsitzenden Traumas aus ihrer Kindheit?

Bei der Hausdurchsuchung fanden sie eine antike Waffenschatulle, die zu einer Luger passte. Sie war leer.

Die Kollegen der KTU sicherten Spuren im Haus und in der Garage. Als ein Kollege einen Fleischklopfer in einer Sporttasche fand, schickte Bente Flackner mit der vermeintlichen Tatwaffe ins Labor, um schnellstmöglich Ergebnisse zu bekommen. Kurz vor Beendigung der Durchsuchung kam der ersehnte Anruf aus der Rechtsmedizin.

»Volltreffer, Brodersen!«, freute Flackner sich. »Mit dem Fleischklopfer wurde nicht nur Fleisch geklopft.«

»Keine Witze darüber, Flackner«, unterbrach sie ihn barsch.

»Es handelt sich eindeutig um die Tatwaffe, mit der Melanie Reiterer erschlagen wurde.«

»Fingerabdrücke?«

»Negativ!«

»Und an der Sporttasche?«

»Ja, aber nicht ihre!«

»Und auf der Waffenschatulle?«

»Sind ihre Fingerabdrücke. Außerdem haben wir Handschuhe sichergestellt, an denen sich Schmauchspuren befinden.«

»Gut, das reicht fürs Erste! Melde dich, wenn die anderen Spuren noch was ergeben.« Bente legte auf und berichtete Heike und Kessler von den Ergebnissen. »Ich denke, es wird Zeit, Miriam Schneider die richtigen Fragen zu stellen«, sagte sie entschlossen.

Kapitel 39

Als Frau Schneider zur Fortführung der Befragung in das Besprechungszimmer geführt wurde, legte Bente ein ausgedrucktes Foto des sichergestellten Fleischklopfers vor sie auf den Tisch.

Ihr Anwalt, der mittlerweile eingetroffen war, reagierte sofort. »Was soll das bedeuten?«

»Das ist die Tatwaffe, mit der Melanie Reiterer erschlagen wurde.« Bente bemühte sich um Gelassenheit. Sie mochte Anwälte nicht. In den meisten Fällen rieten sie ihren Mandanten, eine Aussage zu verweigern.

»Was kann uns Ihre Mandantin zu der Tatwaffe sagen?«, übernahm die Staatsanwältin das Gespräch und wandte sich erst an den Anwalt und dann an Frau Schneider, die stumm auf das Foto starrte.

»Wo genau im Haus haben Sie diesen Fleischhammer gefunden?«, fragte der Anwalt.

»In einer Sporttasche in Ihrer Garage, Frau Schneider!«, parierte Kessler kühl.

»Dazu wird meine Mandantin keine Auskunft geben.«

Bente betrachtete den Anwalt. Schneider selbst hatte mit keinem Muskel gezuckt, als sie ihr das Foto vorgelegt hatte. Bente nickte der Staatsanwältin zu. Sie hatten sich vorher abgesprochen. Wortlos legte sie einen weiteren Ausdruck eines Fotos vor Miriam Schneider auf den Tisch. Es war das Bild von der Luger, mit der Tim Liezen erschossen worden war. Höchstwahrscheinlich handelte es sich um dieselbe Waffe, mit der auch ihr Vater vor dreißig Jahren Selbstmord begangen hatte.

Für einen Moment stockte Schneider der Atem. Bente registrierte ihre geweiteten Augen und sah den unregelmäßigen Pulsschlag an ihrem Hals. Jetzt kam es darauf an, die richtige Frage zu stellen. Bente nickte Kessler auffordernd zu.

»Haben Sie damals gesehen, wie Ihr Vater sich mit dieser Waffe erschossen hat?«, fragte die Staatsanwältin teilnahmsvoll.

Miriam Schneider entglitten die Gesichtszüge. Als ihr Anwalt zu einer Erwiderung ansetzte, hob sie die Hand und bedeutete ihm, zu schweigen.

Bente bemerkte den Ruck, der durch den Körper der Frau ging.

»Er hat sie betrogen, nicht zum ersten Mal, und dann ist sie vor meinen Augen gestorben. Ihr Blut lief über den Fernsehbildschirm. Mein Vater hat sie umgebracht, er verdiente es, zu sterben«, sagte sie mit monotoner Stimme.

Plötzlich durchzuckte Bente ein schauriger Gedanke. »So wie Melanie Reiterer es auch verdiente, zu sterben?«

»Sie legen meiner Mandantin Worte in den Mund, Frau Hauptkommissarin!«

»Das war eine Frage, eine zulässige Frage«, korrigierte Kessler ihn.

»Meine Mandantin …«

Wieder brachte Schneider ihren Anwalt mit einer Handbewegung zum Schweigen.

»Wo ist die Waffe, mit der Ihr Vater sich erschossen hat? Die Schatulle, die wir in Ihrem Haus gefunden haben, ist leer!«

Langsam hob Miriam Schneider den Kopf und zuckte mit den Achseln. Sie würde kein Wort mehr sagen, das spürte Bente. Ein Blick auf die Wanduhr über der Tür in dem Raum zeigte ihr, dass es spät war. Eine Fortsetzung der Befragung würde morgen stattfinden. Oftmals beschlossen Täter während einer Nacht in der Gewahrsamszelle, zu gestehen.

Kapitel 40

Nach einer unruhigen Nacht schlich Bente sich in aller Frühe aus Eriks Wohnung, um einen ausgedehnten Strandspaziergang mit Ulrike zu machen. Sie war am Abend zuvor hungrig und müde aufs Sofa gesunken, hatte Erik mit vollem Mund von den neuesten Erkenntnissen erzählt und war eingeschlafen. Als sie um 3:37 Uhr aufgewacht war, hatte sie nicht wieder einschlafen können und sich schließlich einen Kaffee gemacht. Die Weite der Nordsee und das sanfte Rauschen der Brandung brachten Klarheit in ihre Gedanken. Konnte es sein, dass die zehnjährige Miriam ihre Mutter gerächt und ihren Vater erschossen hatte? Und spielte es überhaupt noch eine Rolle? Das Erlebte musste bei ihr auf jeden Fall zu einem unvorstellbaren Trauma geführt haben! Der Mord an Melanie Reiterer passte dazu, aber weshalb musste Tim Liezen dann sterben? Was hatte er mit der Sache zu tun? Dass sie ihn im Zusammenhang mit der Affäre ihres Mannes gekannt hatte, stand außer Frage. Das hatte sie selbst eingestanden.

Bente ging in ihr Apartment, fütterte Ulrike und verscheuchte die Müdigkeit mit einer eiskalten Dusche.

Im Büro kochte sie Kaffee und ordnete in der Wache die Fortsetzung der Befragung von Miriam Schneider für 8:15 Uhr an.

Als ihr Team überpünktlich eintraf, verteilte Bente die gefüllten Kaffeebecher und reichte auch Karin Kessler einen, die einige Minuten später zur Tür hereinkam.

»Ich habe einen Haftbefehl beantragt, das Landgericht folgt meiner Argumentation und er wird zügig erlassen. Das bedeutet eine Verlegung in die JVA Lübeck, heute oder spätestens morgen«, berichtete die Staatsanwältin.

Bente nickte. Es war das einzige Gefängnis für Frauen in Schleswig-Holstein und mit der Überstellung wäre Miriam Schneider außerhalb ihrer Zuständigkeit. Die weiteren Untersuchungen würden die Staatsanwaltschaft Flensburg und die Kripo Lübeck durchführen. Sie hatte noch so viele Fragen an die vermeintliche Mörderin, die sie schnellstmöglich stellen musste! Viele Details waren noch nicht geklärt, aber am meisten beschäftigte sie die Frage, weshalb sie Melanie Reiterers Handy zum Fundbüro gebracht hatte.

Als sie mit Kessler das Vernehmungszimmer betrat, trafen sie auf eine in sich gekehrte Frau, die ihr Schweigen nicht brechen würde. Der Anwalt verlas ein von ihr unterschriebenes Aussageverweigerungsformular und lehnte sich selbstgefällig im Stuhl zurück. »Ich werde meine Mandantin in die JVA Lübeck begleiten, dort sehen wir weiter!«

Unverrichteter Dinge kehrte Bente zurück ins Büro, schenkte sich einen weiteren Becher Kaffee ein und sank in ihren Schreibtischstuhl. Sanft strich sie mit ihren Füßen über Ulrikes Rücken, die sich wohlig grunzend auf ihrer Decke unter dem Tisch rekelte. »Klemme, wie weit bist du mit dem Handy von Melanie Reiterer?«

»Ihr Fingerabdruck reichte nicht mehr, um es zu entsperren. Ich brauche den vierstelligen Code.«

»Ihr Geburtstag?«

»Hab ich versucht, auch 2580, das ist die häufigste PIN, aber Fehlanzeige!«

»Wieso 2580?«

»Weil der Ziffernblock mittig von oben nach unten diese Zahlenreihenfolge ergibt, ist am einfachsten zu merken.«

Bente nickte und schaute auf ihr Handy. Sie hatte sich noch nie Gedanken darüber gemacht. Ihr Code war Ankas Geburtstag.

»Es bleibt nur noch ein Versuch«, klärte Klemme sie auf.

»Hast du die Eltern gefragt, ob sie den Code kennen?«

Klemme nickte. »Sie sind am Boden zerstört, das Telefonat war wirklich hart, aber sie hatten keine Ahnung, welche PINs oder Passwörter ihre Tochter benutzte.«

Bente baute darauf, dass Nachrichten oder Anruflisten auf dem Handy ihnen Aufschluss darüber geben würden, weshalb Miriam Schneider es beim Fundbüro abgegeben hatte.

»Zu viele offene Fragen, Brodersen«, meldete sich Heike zu Wort, die den Blick ihrer Chefin kannte.

Bente stöhnte verzweifelt auf. »Weshalb hat sie keine Beweise vernichtet? Warum streitet sie nichts ab, gibt aber auch nichts zu? Und warum richtet sie den Fokus der Ermittlungen auf sich, indem sie das Handy im Fundbüro abgibt?«

»Könnte es sein, dass sie ihren Mann schützt?«

»Der Gedanke ist mir auch schon gekommen. Auch seine Alibis sind nicht wasserdicht. Aber sie scheint ihn nicht zu lieben, eher im Gegenteil!«

»Entschuldigen Sie bitte, Frau Hauptkommissarin, aber ich muss Sie sprechen!«

Bente traute ihren Augen nicht, als sie sah, wer in der Tür stand.

»Ich dachte, ich hätte mich klar genug ausgedrückt! Halten Sie sich fern von unseren Ermittlungen, Frau Merten!«

Die Mitarbeiterin des Fundbüros hob entschuldigend die Schultern. »Es handelt sich schon wieder um einen Zufall!«, murmelte sie verlegen.

Kapitel 41

Ich verzichte auf Ihre Zufälle, Frau Merten! Gehen Sie nach Hause und lesen Sie einen Krimi!«, entgegnete Bente schroff.

Heike nickte bekräftigend und sah die Frau konsterniert an.

»Ich weiß ziemlich genau, in welchem Zeitraum Melanie Reiterer ermordet wurde«, erklärte Sinje Merten mit fester Stimme.

Bente sprang von ihrem Schreibtischstuhl auf, aber Heike kam ihr zuvor: »Dann lassen Sie mal hören!«

»Ich bin gestern mit dem Taxi von hier nach Hause gefahren. Der Fahrer erzählte mir, dass er am Sonntagmorgen um kurz vor 6 Uhr auf dem Weg nach Hörnum eine blonde Frau in einem rotweißgestreiften Kleid auf der Straße gesehen hat. Es war auf Höhe des Parkplatzes bei Bunker Hill und sie war völlig durchnässt. Als er gebremst hat, ist sie in die Dünen gerannt.«

Bente warf ihr einen ungläubigen Blick zu, aber Merten fuhr aufgeregt fort: »Der Taxifahrer war die letzte Woche zum Hochseefischen, deshalb wusste er nicht von dem Mord. Ich habe ihm gesagt, dass er sich unbedingt heute Morgen bei der Polizei melden muss, um eine Aussage zu machen. Er hat mir versich…«

Sie wurde von einem Beamten unterbrochen, der die Tür öffnete und einen Mann ins Büro bat. »Herr Teel ist Taxifahrer und möchte eine Aussage machen!«

Sinje Merten strahlte zufrieden erst den Taxifahrer und dann Bente an.

»Ich bin Kriminalhauptkommissarin Brodersen, folgen Sie dem Kollegen bitte in den Besprechungsraum, ich komme gleich zu Ihnen, Herr Teel«, wandte Bente sich an den Mann und wartete, bis die Tür sich hinter ihm geschlossen hatte.

»Ich fasse es wirklich nicht, Frau Merten! Wo haben Sie diesen Taxifahrer aufgegabelt?«, donnerte sie grollend los.

Die Mimik der jungen Frau spiegelte pure Aufregung wieder. »Ich bin mit ihm ins Gespräch gekommen. Er fragte mich, ob ich Zeugin der Geiselnahme gewesen bin, weil er mich ja von der Wache abgeholt hat.«

Bente war klar, dass die Geiselnahme im Bahnhof das Gesprächsthema Nummer eins auf der Insel war. Der Bürgermeister hatte bereits bei ihr angefragt, ob sie bei der Pressekonferenz anwesend sein würde, aber sie hatte diese Aufgabe auf die Staatsanwältin abgewälzt. »Und ausgerechnet dieser Taxifahrer hat Melanie Reiterer am Sonntag Morgen um 6 Uhr auf der Straße nach Hörnum gesehen?«

»Ja, ist das nicht irre? Ich konnte mein Glück kaum fassen.«

»Glück?«, schnaufte Bente verärgert. »Wenn Sie noch einmal in Verbindung mit diesem Fall auftauchen, werde ich gegen Sie ermitteln, ist das klar?«

Die Drohung führte nicht zu dem gewünschten Ergebnis. Sinje Merten klatschte begeistert in die Hände. »Das wäre toll!«

»Gehen Sie, sofort!«, zischte Bente ihr zu und ging mit Heike ins Besprechungszimmer.

Karsten Teel rutschte ungeduldig auf dem Stuhl hin und her.

»Warum sind Sie so nervös, Herr Teel?«, eröffnete Bente das Gespräch.

»Sorry, aber ich war eine Woche im Urlaub und muss nun wieder arbeiten. Aber natürlich hat das hier Vorrang.«

»Allerdings! Erzählen Sie bitte von Anfang an.« Bente und Heike setzten sich ihm gegenüber.

»Ich hatte am Sonntag um 5:40 Uhr eine Fahrt vom Sporthotel in Hörnum zum Bahnhof reinbekommen. Auf Höhe des Parkplatzes am Bunker Hill stand eine Frau auf der Straße. Im Scheinwerferlicht sah ich ihre nassen, blonden Haare und das rotweißgestreifte Kleid.«

»Haben Sie angehalten?«

»Klar, es goss ja wie aus Eimern.«

»Und?«

»Als ich ausstieg, lief sie schon Richtung Dünen. Ich habe ein paar Mal gerufen, aber sie rannte einfach weiter. Dann hab ich noch zwei Minuten oder so gewartet, aber sie ist nicht zurückgekommen. Also bin ich weiter!«

»Ist Ihnen irgendetwas an der Frau aufgefallen?«

»Was meinen Sie?«

»War sie vielleicht verletzt?«

Karsten Teel schüttelte den Kopf. »Nein, nicht dass ich wüsste. Seltsam war, dass sie da stand, als hätte sie regelrecht auf mich gewartet, aber ich kann mich auch täuschen. In dem dichten Regen sieht man in der Morgendämmerung nicht besonders gut.«

»Und Sie hielten es nicht für nötig, die Polizei zu verständigen?«, fragte Heike.

»Wissen Sie, wie viele seltsame Begegnungen ich als Taxifahrer schon hatte? Da würden Sie sich aber bedanken, wenn ich jedes Mal die Polizei rufen würde«, lachte Teel leise.

»Gut, danke, Herr Teel, meine Kollegin bringt Sie hinaus«, verabschiedete Bente sich.

In der Tür drehte er sich noch einmal um. Er reichte ihr eine Karte mit seiner Handynummer. »Wenn Sie ein Taxi benötigen, einfach anrufen. Tag und Nacht. Ist immer gut, sich mit der Polizei gutzustellen, falls man mal zu schnell unterwegs ist, Sie wissen schon«, grinste er augenzwinkernd und folgte Heike.

»Alle herhören!« Bente stellte sich an das Clipboard und blätterte einen neuen Bogen um.

Sie schrieb den Namen Melanie Reiterer in einen Kreis und darunter 6 Uhr morgens. »Wir wissen jetzt, dass sie ...«, Bente blätterte durch den Obduktionsbericht von Flackner auf ihrem Schreibtisch, »... zwischen 6 und 8 Uhr am Sonntag gestorben ist.«

»Wir sollten die Alibis daraufhin neu überprüfen«, warf Timme ein.

Bente nickte. »Was hat sie an diesem Morgen, noch dazu im strömenden Regen, auf der Straße gemacht?«

»Vielleicht ist sie vor ihrem Mörder geflohen?«

»Dann wäre sie doch nicht vor dem Taxifahrer weggelaufen!«, schüttelte Bente den Kopf.

»Auch wieder wahr, das bedeutet im Umkehrschluss, dass sie ihrem Mörder zusagen in die Arme gelaufen ist«, seufzte Heike.

»Weil sie mit ihm verabredet war!«, rief Klemme. »Bisher sind wir von einer Mörderin ausgegangen, oder?«

»Ja, Miriam Schneider ist dringend tatverdächtig.« Bente scrollte auf ihrem Bildschirm durch das Protokoll der Befragung. »Sie hat angegeben, dass sie nachts im Bett war, dafür gibt es keine Zeugen, aber sie ist wie jeden Morgen um kurz vor sechs aufgestanden und Laufen gegangen.«

»Kann das jemand bezeugen?«

»Das muss überprüft werden, aber sie hat ausgesagt, dass sie jeden Morgen bei dem Bäcker an der Ecke Friedrichstraße und Strandpromenade eine Pause einlegt und dort einen Coffee to go bestellt.«

»Soll ich das checken?«, fragte Heike.

»Ja, unbedingt, aber es muss einen Grund geben, weshalb sie sich nicht weiter zu den Vorwürfen äußert!«

»Bin schon unterwegs!« Heike sah auf Ulrike. »Soll ich sie mitnehmen?«

Die Hündin sprang auf und lief aufgeregt zur Tür. »Das hat sie wohl verstanden«, lachte Bente und legte die Leine an. Sie selbst ging immer ohne, aber bei Hansen und Heike bestand sie darauf, dass Ulrike angeleint war.

»Was, wenn sie jemand anderen als ihren Mann schützen will?«, nahm Klemme das Brainstorming wieder auf.

»Oder sie führt uns an der Nase herum!«, warf Timme ein.

Bedächtig wiegte Bente den Kopf hin und her. »Sollte das alles nur Show sein, setzt das eine sehr umfangreiche Planung voraus, oder? Dazu passt aber nicht, dass wir die Mordwaffe in der Garage finden!«

»Melanie Reiterer wird morgens um sechs nicht zufällig in Hörnum in den Dünen gewesen sein. Sie muss mit ihrem Mörder verabredet gewesen sein«, murmelte Klemme.

Bente wurmte es, dass ihr die Zeit davonlief. Zu viele Details und Fragen waren noch ungeklärt und Frau Schneider konnte jederzeit nach Lübeck überführt werden.

Karin Kessler betrat die Dienststelle mit einem Rollkoffer. »Ich möchte nicht gehen, ohne mich für die nette Zusammenarbeit zu bedanken«, lächelte sie Bente an. »In meinem Bericht habe ich Ihre Rolle bei der Geiselnahme lobend hervorgehoben.«

»Auszeichnungen sind mir nicht wichtig, Frau Kessler«, erwiderte Bente. »Mir ist daran gelegen, den Mörder zu verhaften.«

Kessler sah sie erstaunt an. »Aber das haben Sie doch!«

»Sind Sie sicher?«

»Die Indizien sind für eine Anklage vollkommen ausreichend. Die Tatwaffe wurde in Schneiders Sporttasche sichergestellt, eine Schatulle, die zur Luger passt, Schmauchspuren an den Handschuhen und sie war im Besitz des Handys! Worauf begründet sich Ihr Zweifel?« Kessler schüttelte verständnislos den Kopf. »Dazu das unverarbeitete Trauma aus Kindertagen und ein nachvollziehbares Motiv. Eifersucht gehört leider zu den häufigsten Mordmotiven.« Die Staatsanwältin zögerte für einen Moment. »Ich weiß, was über sie gesagt wird, Frau Brodersen, aber es wäre unverantwortlich, in diesem Fall keine Anklage zu erheben.«

Bente hob die Augenbrauen. »Was wird denn über mich gesagt?«

»Dass Sie jeden Mord aufklären, weil Sie so stur sind.« Kessler lächelte anerkennend.

»Es gibt neue Erkenntnisse zu dem Todeszeitpunkt von Mela…«

Heike stürmte ins Büro und platzte keuchend heraus: »Sie kann es nicht gewesen sein!«

»Wer kann was nicht? Was ist hier los?«, rief Karin Kessler irritiert.

Bente brachte sie auf den neuesten Stand und setzte einen Haken neben das Wort Alibi bei Miriam Schneider.

»Sie ist Stammkundin in der Bäckerei, jeden Morgen holt sie sich einen entkoffeinierten Coffee to go, auch letzten Sonntag. Daran erinnerte sich die die Mitarbeiterin, weil sie nur sonntags aushilft und Frau Schneider sich in das Café gesetzt hatte, weil sie gestolpert war. Die Bedienung hatte ihr einen Eisbeutel gebracht. Es gibt keinen Zweifel. Sie hat die Bäckerei erst um 8 Uhr verlassen, dafür gibt es Zeugen.«

»Shit!«, rief Klemme und alle stimmten ihm zu.

»Also Marko Kubacki?«, fragte Timme.

»Nein!« Bente sah entschlossen in die Runde. »Gerd Schneider!«

Im nächsten Monet klingelte ihr Handy. Bente nahm den Videoanruf an. »Flackner, ich hoffe, du gibst uns den entscheidenden Hinweis. Das wäre mal eine gute Nachricht!«

»Gute Nachrichten?« Flackner grinste in die Kamera. »Die Nachrichten beginnen jeden Abend mit den Worten *Guten Abend* und dann wird uns Fernsehzuschauern in fünfzehn Minuten gezeigt, dass im Grunde genommen nichts gut ist.«

Bente staunte. Es kam selten vor, dass ihr sein Humor gefiel. Sie nickte ihm beifällig zu. »Was hast du für uns?«

»Im Garten wurden in einer Feuertonne Reste von Textil- und Polyesterfasern gefunden. Allerdings ist das Material so verkohlt, dass sich keine Rückschlüsse auf den Originalzustand ziehen lassen.«

»Also könnte Beweismaterial verbrannt worden sein?«, hakte Bente nach.

»Nicht unbedingt, es kann sich auch um einen Pflanzsack und eine Plastikplane gehandelt haben.«

»Was noch?«

»Die Fingerabdrücke an der Sporttasche sind von Gerd Schneider. Jedenfalls lassen die anderen Abdrücke im Haus diesen Schluss zu. Wir haben von ihm bisher keine bekommen.«

Bente wandte sich an Klemme: »Warum haben wir keine Fingerabdrücke von Schneider?«

Er reagierte nicht, sondern fixierte seinen Bildschirm.

»Klemme?«

»Ja, ja!«, murmelte er und winkte ab.

Bente stellte sich vor seinen Schreibtisch und starrte ihn frontal an. »Ja, ja?«, wiederholte sie übertrieben betont. »Das sagte meine Tochter als pubertierender Teenager immerzu und meinte damit eigentlich etwas, das ich hier nicht wiederholen möchte.«

Klemme hob die Hand, ohne aufzusehen, und jetzt bemerkte Bente, dass er geistig völlig abwesend war. »Sag mir, dass du den Heiligen Gral gefunden hast, sonst gibt's Ärger!«, murmelte sie und umrundete seinen Schreibtisch, um einen Blick auf den Bildschirm werfen zu können.

Im gleichen Moment sprang Klemme auf und touchierte mit seinem Arm ihre Schulter. Er hechtete zu Timmes Schreibtisch und wühlte durch die Papiere. »Wo ist es?«, rief er ungeduldig.

»Was suchst du denn?«

»Das Handy!«

Timme öffnete eine Schublade und reichte ihm das iPhone von Melanie Reiterer.

Aufgeregt tippte er einen Code ein und drehte sich stolz im Kreis. Er streckte das Handy in die Höhe und rief feierlich: »Der Heilige Gral!«

»Wie hast du?«, stammelte Bente.

»Recherche!«, erklärte er stolz. »In den Blumenranken verstecken sich chinesische Schriftzeichen.« Er zeigte auf den vergrößerten Fotoausschnitt von Reiterers Schulter, wo sich das Tattoo befand. »Ich habe es übersetzt, es bedeutet unendliches Glück.«

Alle sahen ihn fragend an.

»Die Acht gilt als Glückszahl in China. Es gibt acht taoistische Symbole, acht chinesische Schätze, acht Lotusblütenblätter und acht Unsterbliche im Buddhismus. Diese Vereinigung der vier Achten stellt das unendliche Glück dar.«

»Und du hast vier Mal die Acht eingetippt!«, rief Heike voller Bewunderung.

»Bäm!«, freute Klemme sich.

Kessler, die mit dem Zeigefinger durch die Nachrichten auf dem Handy wischte, blieb der Mund offen stehen. »Ich werde einen neuen Haftbefehl beantragen!«

Kapitel 42

Mein Mandant war, wie er bereits sagte, in seinem Apartment in Hörnum.«

»Haben Sie die Nacht dort mit Melanie Reiterer verbracht?«, wandte die Staatsanwältin sich direkt an Gerd Schneider.

Sein Blick huschte verunsichert zwischen Kessler und dem Anwalt hin und her.

Bente hielt sich zurück und beschränkte sich auf die Beobachtung seiner Mikroexpressionen. Kessler konfrontierte ihn mit Beweisen, Indizien und einem Motiv. Gerd Schneider würde mit Leichtigkeit überführt werden, was auch seinem Anwalt nach und nach klar wurde.

Heike war ins Krankenhaus gefahren. Der behandelnde Arzt hatte angerufen, um ihnen mitzuteilen, dass Marko Kubacki vernehmungsfähig sei.

Als Bente an diesem Abend mit Ulrike nach Hause spazierte, blieb sie eine lange Zeit an der Strandpromenade stehen und genoss die Weite der endlos scheinenden Nordsee, während Ulrike mit anderen Hunden im Sand tobte.

Das Wasser hatte sich zurückgezogen, in weniger als einer Stunde war Niedrigwasser. Wie die meisten Sylter kannte sie den Tidenkalender auswendig. An der Westseite der Insel machte sich der Tidenhub lediglich in der Breite des Strandes und der Stärke der Brandung bemerkbar, aber an der dem Festland zugewandten Seite bedeutete Ebbe kein Wasser, also Wattlandschaft.

Sie dachte an die vergangenen Tage zurück. Wie die Nordsee, die verlässlich dem Gezeitenstrom folgte, fanden sich immer irgendwo Spuren, Hinweise und Indizien, die einem Fall plötzlich die entscheidende Wendung gaben.

»Na, Brodersen, wo bist du mit deinen Gedanken?«

»Hansen!«, rief sie freudig überrascht. Sofort hob Ulrike den Kopf und kam mit fliegenden Ohren angerannt. Er war während der letzten Tage nicht im Büro gewesen, das bedeutete einen Rekord, abgesehen von einem einwöchigen Urlaub, den er mit seiner Frau in der Lüneburger Heide verbracht hatte. Erst jetzt, wo er vor ihr stand, spürte sie, wie sehr sie ihn vermisst hatte. Das musste sie für sich behalten. »Was machst du hier?«

»Dich suchen!« Er grinste, griff in seine Tasche und warf Ulrike eine ganze Frikadelle zu. »Entschuldige, euch suchen natürlich!« Er kraulte die Ohren der Hündin, die genießerisch grunzte.

Bente verscheuchte die Gedanken an den Fall. »Wie geht es euch allen, also insbesondere der werdenden Mutter?«

Hansens Augen leuchteten auf. »Hätte nicht gedacht, dass mich das so umhaut! Ist noch ne Menge zu tun mit Kinderzimmer und Erstlingsausstattung«, lachte er.

»Du klingst, als würdest du Vater werden« grinste Bente und knuffte ihn in die Seite.

»Silke ist alleinerziehend, also zumindest zur Zeit, man weiß ja nie, wann der Richtige um die Ecke kommt, aber so bleibt mehr für Hilde und mich übrig.« Er zuckte mit den Schultern. »Sie plant, nach einem halben Jahr wieder zu unterrichten, dann haben wir das Baby jeden Vormittag!«

Bente dachte an Anka. Sie hatte nach der Schule in die Betreuung gemusst, weil Bente seit der Trennung von Lutz Vollzeit gearbeitet hatte. Es waren keine Großeltern da gewesen, die ihre Enkelin hätten nehmen können. Aber Anka war immer fröhlich gewesen, wenn sie sie am Nachmittag von der Schule abgeholt hatte. Über die Hälfte aller Klassenkameraden war nach Unterrichtsschluss geblieben und es hatte ein tolles Nachmittagsprogramm gegeben. Es hatte ihnen beiden nicht geschadet.

Hansen seufzte glücklich. »Ich will wirklich nichts mehr mit dem Polizeiapparat zu tun haben. Keine schlechten Nachrichten, keine seelischen Abgründe und verzweifelte Angehörige der Opfer! Ich will das junge, unverdorbene Leben feiern und verwöhnen! Er oder sie soll den besten Opa auf der Welt bekommen, verstehst du das?« Er blinzelte eine Träne weg und sah beseelt auf die Wasserlinie am Horizont.

»Das wirst du sein, zumindest nördlich von Tinnum!« Bente freute sich für den alten Hansen. Es hatte einer neuen Aufgabe bedurft, um ihn seine Pensionierung genießen lassen zu können. Was gab es Schöneres, als die entstandene Leere mit einem Enkelkind zu füllen? Er war angekommen, dachte Bente und spürte neben aufrichtiger Freude einen Hauch von Melancholie. »Du willst also Lebewohl sagen?«

Hansen nickte und die nächsten Minuten standen sie einträchtig schweigend nebeneinander und sahen aufs Meer hinaus. Jäh wurde Bente bewusst, dass sie ihm ähnlicher war, als sie wahrhaben wollte.

»Hab gehört, ihr habt die beiden Morde aufgeklärt?«

Bente stöhnte leise auf. »Du hörst immer noch alles, was hier vor sich geht?«

»Wird so bleiben, Brodersen!«

Ohne den Kopf in seine Richtung zu drehen, fragte sie leise: »Warst du dir immer sicher, den oder die Richtige überführt zu haben?«

Hansen strich sich durch den Bart, sah hinunter zu Ulrike und holte eine weitere Frikadelle aus seiner Tasche. »Ich habe gehört, dass die Staatsanwältin überzeugt ist, das würde mir reichen.«

»Wirklich?«

»Mensch, Brodersen, du bist'n ole Sturkopp! Das macht dich aus und deswegen bist du eine hervorragende Kriminalkommissarin.« Über ihm kreischten ein paar Möwen. »Erzähl!«

»Nee, lass mal, ich werde mich daran gewöhnen müssen, dich nicht mehr zu belatschern.«

»Für dich mach ich ne Ausnahme!«, grummelte er.

Bente knuffte ihn sanft in die Seite und berichtete ohne Punkt und Komma von Marko Kubacki, dessen Geschäftsmodell die Erpressung von Regionalpolitikern war. Reiterer und Rossberg hatten bei *Gosch* Kontakt zu geeigneten Opfern aufgenommen. »Sie verführten die naiven Männer in ihren Autos auf dem Beifahrersitz und zwar so, dass die Gesichter der Männer von der installierten Kamera aufgenommen wurden! Das Filmmaterial nutzte Kubacki dann für die Erpressung.«

»Sex und Erpressung funktioniert seit Menschengedenken«, brummte Hansen kopfschüttelnd.

»Kubacki ließ die Männer monatlich Beträge von mehreren hundert Euro auf das Vereinskonto zahlen. So war der Anreiz, zur Polizei zu gehen, für die Opfer gering, außerdem konnten sie die Zahlungen von der Steuer absetzen.«

»Und sowas fällt bei einer Steuerprüfung nicht auf?«, wunderte Hansen sich.

»Offenbar nicht. Kubacki arbeitete mit einer falschen Identität und bei einer Prüfung hätte er sich einfach mit dem Geld aus dem Staub gemacht und woanders mit einem neuen Verein neu gestartet.«

»Klingt nach dreister Bauernschläue und jeder Menge krimineller Energie!«

»Eines dieser Opfer war Gerd Schneider.«

»Der zweite stellvertretende Bürgermeister?«

»Du kennst ihn?«

»Vom Sehen.«

»Melanie Reiterer und er hatten sich verliebt. Sie wollte aussteigen, was für Kubacki bedeutete, dass sein Geschäftsmodell auffliegen konnte.«

»Hat er deswegen diese Geiselnahme durchgezogen?«

»Nein, das war ne reine Kurzschlusshandlung, weil wir ihn am Autozug gestellt haben.« Bente zuckte mit den Achseln. »Aber er ist nicht der Mörder.«

»Wie seid ihr auf Schneider gekommen?«

»Über seine Frau und eine ganze Reihe Zufälle!«

»Zufälle? Gibt's nicht! Oder nur sehr selten. Bei ner ganzen Reihe klingeln alle Alarmglocken in meinem Kopf!«

»Mein Reden!«, pflichtete Bente ihm bei. »Frau Schneider wusste von der Affäre ihres Mannes und die Tatsache, dass sie das Handy von Reiterer im Fundbüro abgab, brachte uns auf ihre Spur, aber dann überführten wir schließlich ihren Mann.«

»Und weshalb habt ihr erst sie verhaftet?«

Bente erinnerte sich an die Befragung von Miriam Schneider. »Weil alle Beweise und Indizien und auch das Motiv auf sie zutrafen. Außerdem hat sie beim Verhör nichts abgestritten oder geleugnet, sie hat einfach gar nichts gesagt, außer Beleidigungen über ihren Mann und dass Reiterer den Tod verdient hatte. Ich war überzeugt davon, dass sie die Täterin ist, aber ihr Alibi ist hieb- und stichfest. Sie kann es nicht gewesen sein.«

»Und jetzt ist sie auf freiem Fuß und ihr Mann ist verhaftet«, schlussfolgerte Hansen.

»Auf Melanie Reiterers Handy haben wir Nachrichten gefunden, die sie an ihn geschickt hatte. Sie wollte Schluss machen und ihn mit dem Sexvideo auffliegen lassen. Sie forderte Geld von ihm und vereinbarte mit ihm den Parkplatz bei Bunker Hill für diese Nacht als Treffpunkt. Sein Handy war zur Tatzeit in der Funkzelle um Hörnum eingeloggt.«

»Wie hat er darauf reagiert?«, fragte Hansen interessiert nach.

»Empört, er streitet den Mord ab, aber er war in dieser Nacht in seinem Apartment in Hörnum mit Reiterer verabredet. Er habe die ganze Nacht gewartet, aber sie sei nicht gekommen.«

»Also hatte er ein Motiv, kein Alibi und wusste, wo sie sich zur Mordzeit befand« nickte Hansen.

»Korrekt!«

»Und weshalb musste dieser Liezen sterben, der Ex-Freund von Reiterer?«

»Die Staatsanwältin geht davon aus, dass er Gerd Schneider erpressen wollte, wer weiß. Jedenfalls gehören die Handschuhe mit den Schmauchspuren ihm, er hatte Zugang zu der Waffe und auch für diesen Mord kein Alibi. Außerdem ist auf seinem Handy ein Anruf von Tim Liezen kurz vor seinem Tod.«

»Klingt doch alles plausibel, was stört dich also?«

»Schneider bestreitet die Morde vehement!«

»Das ist natürlich ein handfester Gegenbeweis!«, schmunzelte Hansen.

»Auf seinem Handy sind alle Nachrichten und Fotos von Melanie Reiterer gelöscht.«

»Und das findest du seltsam?«

»Allerdings! Er löscht die Nachrichten und Fotos und lässt Tatwaffe und Handschuhe in seinem Haus zurück? Und weshalb hätte er Melanie Reiterer ausziehen sollen?«

Hansen grummelte konzentriert in seinen Bart. Bente wartete einige Minuten, dann sah sie ihm in die Augen.

»Okay, Brodersen, auf dein Bauchgefühl konntest du dich bisher verlassen, genau wie ich. Habe ich recht?«

»Aber sowas von!«

»In jeder Ermittlung gibt es Brotkrumen und Kieselsteine!«

Bente horchte auf. »Das hat Erik von dir?«

»Schön, dass ich ihm etwas beibringen konnte, auch wenn's nur Märchen sind!«, lachte Hansen verschmitzt.

Plötzlich wurde Bente ganz heiß. Sie spürte, wie ihr das Blut in den Kopf schoss. »Märchen!«, rief sie. »Aschenputtel!« Sie griff zu ihrem Handy und betätigte die Kurzwahl. »Heike, ich brauche dich sofort im Büro!«

Kapitel 43

Was haben denn die Austern damit zu tun?«, rief Heike erstaunt.

Bente zeigte auf den Obduktionsbericht. »Melanie Reiterer hat kurz vor ihrem Tod Austern gegessen.«

Heike kannte den Obduktionsbericht. »Ja, und?«

»Wir haben uns keine Gedanken dazu gemacht, weil sie am Abend vor ihrem Tod Dienst hatte. Bei *Gosch* sind Austern nichts Ungewöhnliches. Aber jetzt gehen wir davon aus, dass sie zwischen 6 und 8 Uhr morgens ermordet wurde.«

»Ja, stimmt«, nickte Heike. »Kein typisches Frühstück! Was bedeutet das?«

»Dass sie vielleicht doch einige Stunden früher ermordet wurde!«

Heike schüttelte den Kopf. »Der Taxifahrer hat sie eindeutig gesehen.«

»Ruf ihn an, er soll herkommen!« Während Heike telefonierte, wählte sie Klemmes Handynummer.

»Das kann nichts Gutes bedeuten, wenn du mich um diese Uhrzeit anrufst«, begrüßte er sie.

»Notfall, Klemme, kannst du ins Büro kommen?«

»Bin unterwegs!« Bente legte auf und sah zu Heike.

»Teel ist auf dem Weg!«

»Klemme auch!«

»Okay, Brodersen, was hat das alles mit Aschenputtel zu tun?«

»Ich habe mich die ganze Zeit gefragt, weshalb die Leiche ausgezogen wurde.«

»Haben wir uns alle«, murmelte Heike.

»Lies dir die Personenbeschreibung durch, ganz am Anfang.« Sie schob ihr den Obduktionsbericht zu.

Heike las konzentriert. »Ich seh's nicht!«, seufzte sie ungeduldig.

Bente nickte. »Und jetzt die Liste mit den Beweisstücken.« Sie schob ihr die Liste rüber.

Heike überflog die Liste und schüttelte den Kopf. »Komm schon, das kannst du besser!«, spornte Bente sie an.

Heike vertiefte sich in die Seiten und schließlich schlug sie sich mit der flachen Hand an die Stirn, dass es klatschte. »Jetzt kapier ich's!«

Kapitel 44

Nach der Vernehmung von Miriam Schneider rief Bente die Staatsanwältin zurück. Sie hatte bereits mehrmals versucht, Bente ans Telefon zu bekommen.

»Wissen Sie, wie das in der Akte einer Staatsanwältin aussieht?« Der Vorwurf in Karin Kesslers Stimme war nicht zu überhören.

»Bei allem nötigen Respekt, aber darauf kann ich keine Rücksicht nehmen!«, konterte Bente.

»Auf Ihre Verantwortung wurde Gerd Schneider freigelassen!«

Bente seufzte. »Wir können keinen Unschuldigen einsperren. Aber der Haftbefehl gegen Miriam Schneider kann wieder in Kraft treten!«

»Erklären Sie sich, Frau Brodersen«, forderte die Staatsanwältin frostig.

»Miriam Schneider hat gestanden.«

»Und ihr Alibi?«

»Fake!«

»Was meinen Sie mit Fake?«

Bente räusperte sich. »Tim Liezen hatte sich an Miriam Schneider gewandt, weil seine Ex-Freundin ein Verhältnis mit ihrem Mann hatte. Offensichtlich war er noch nicht über sie hinweg.« Bente erinnerte sich an das iPad von Liezen mit den unzähligen Fotos aus der gemeinsamen Zeit.

»Miriam Schneider hat als Kind ihre Eltern verloren, letztendlich, weil ihr Vater mehr als eine Affäre hatte.«

»Das wissen wir!«, sagte Kessler genervt.

»Dieses Trauma sitzt tief und hat zu diesen kaltblütigen Morden geführt. Sie fasste bereits vor Wochen den Plan, die Geliebte ihres Mannes zu töten und ihn dafür büßen zu lassen. Sie wusste, dass die beiden sich jede Samstagnacht in dem Apartment in Hörnum trafen. In der Mordnacht rief sie Melanie Reiterer an und bat um eine Aussprache. Als Treffpunkt schlug sie den Parkplatz am Bunker Hill vor. Sie nahm die Luger mit und zwang Reiterer, in die Dünen zu gehen. Dort erschlug sie sie hinterrücks mit dem Fleischklopfer.«

»Um wie viel Uhr soll das gewesen sein?«, fragte Kessler.

»Gegen 1 Uhr nachts, nach Melanies Schicht.«

»Dagegen steht die Aussage des Taxifahrers!«

»Lassen Sie mich fortfahren, dann erklärt es sich«, bat Bente und hörte die Staatsanwältin ungeduldig aufstöhnen.

»Schneider zog die Tote aus, hielt das mitgebrachte Kleid an die blutende Wunde und legte es neben die Leiche.«

»Jaaa ...« Kessler riss die Augen auf. »Wie sind Sie darauf gekommen?«

»Das Märchen Aschenputtel hat mich darauf gebracht. Die Frage, warum Melanie Reiterer entkleidet wurde, spukte die ganze Zeit in meinem Kopf herum, aber bei einem Gespräch über Märchen sah ich plötzlich, was nicht stimmte!«

»Machen Sie es nicht so spannend, Frau Brodersen!«

»Das Kleid neben der Leiche hätte Melanie Reiterer nicht gepasst, sie war viel zu üppig für Konfektionsgröße 36, so wie der Schuh bei Aschenputtel! Vergangene Nacht haben wir in Miriam Schneiders Mails eine Bestellung gefunden. Sie hat dieses auffällige, rotweißgestreifte Kleid zwei Mal in ihrer Konfektionsgröße, nämlich 36, bestellt und auch geliefert bekommen, das war vor fünf Wochen.«

»Vor fünf Wochen?«, rief Kessler entsetzt. »Das bedeutet, es handelt sich um vorsätzlichen Mord, zumindest im Fall Reiterer!«

»Ja. Miriam Schneider hat nach der Tat von Reiterers Handy die Nachrichten an ihren Mann geschickt und es danach ausgeschaltet. Von zu Hause aus hat sie Stunden später telefonisch ein Taxi zu 6 Uhr ins Sporthotel Hörnum angefordert. Wir haben das Anrufprotokoll gecheckt. Der Taxifahrer ist unverrichteter Dinge zurück nach Westerland gefahren, weil niemand im Hotel ein Taxi gerufen hatte. Das Handy von Gerd Schneider war zum vermeintlichen Todeszeitpunkt in der Funkzelle um Hörnum eingeloggt. Er verbrachte die Nacht in dem Apartment in Hörnum und versuchte vergeblich, seine Geliebte zu erreichen. Er musste anhand der eingetroffenen Nachrichten davon ausgehen, dass sie ihn erpressen wollte. Miriam Schneider hatte wohlweislich beide Male, die sie in dieser Nacht in Hörnum war, ihr Handy zu Hause gelassen.«

»Sie hat von Anfang an dafür gesorgt, dass wir ihren Mann verdächtigen?«, fragte Kessler ungläubig.

»Ja, sie hat das zweite, völlig identische Kleid angezogen und an der Straße nach Hörnum auf das Taxi gewartet. Am Sonntagmorgen fährt dort niemand und das Taxischild ist von weitem gut zu sehen.«

Kessler atmete tief ein. »Damit hat sie erreicht, dass wir von einem falschen Todeszeitpunkt ausgegangen sind!«

»Und ihr Plan ging ja auch auf! Sie schied als Täterin aus, weil sie ein wasserdichtes Alibi vorweisen konnte. Schneider ist mit ihrem Auto zurück nach Westerland gerast, hat es in der Nähe der Bäckerei abgestellt und hastig ihre Laufklamotten angezogen. Dann rannte sie die wenigen Meter zur Bäckerei und täuschte eine Verletzung vor, um einen mehrstündigen Aufenthalt zu rechtfertigen. Das war ein absolut wasserdichtes Alibi.«

»Eiskalt!«, murmelte Kessler schockiert.

»Die Tatwaffe hat sie als belastendes Beweisstück in der Sporttasche ihres Mannes in der Garage versteckt und in der Feuertonne sowohl die Anziehsachen und Schuhe von Reiterer als auch das von ihr getragene Kleid und die blonde Perücke verbrannt.«

»Und wir sind drauf reingefallen!«, stöhnte Kessler.

»Ja, extrem ausgebufft, das muss man ihr lassen. Und Gerd Schneider hat, als der Tod Reiterers in der Zeitung stand, alle Nachrichten von ihr auf seinem Handy gelöscht in der Hoffnung, eine Verbindung zwischen ihm und dem Mordopfer zu vertuschen.«

»Und weshalb der Mord an Tim Liezen?« Kessler begann, den unglaublichen Vorsatz dieser Tat zu begreifen. Ein psychologisches Gutachten würde bei Miriam Schneider zwar eine psychische Erkrankung diagnostizieren, aber sie war sich ihrer Taten jederzeit vollkommen bewusst gewesen. Das bedeutete Höchststrafe!

»Tim Liezen hatte sich an Miriam Schneider gewandt, damit sie ihren Mann von der Affäre abbringt. Als dies nicht geschah, rief er erneut an, um ihr mitzuteilen, dass er sich jetzt direkt an ihren Mann wenden würde.«

Die Staatsanwältin hörte gebannt zu.

»Gerd Schneider durfte aber nicht erfahren, dass sie schon seit Wochen von seiner Affäre wusste, deshalb musste sie Liezen zum Schweigen bringen. Außerdem wollte er zur Polizei gehen, weil seine Ex-Freundin seit Tagen verschwunden war.«

»Deshalb musste er sterben«, seufzte Kessler tief.

»Genau. Sie hat ihn abends an der Gärtnerei abgeholt und ist mit ihm unter irgendeinem Vorwand zum Alten Schöpfwerk gefahren, wo sie ihn erschossen hat.«

»Und wie kommen die Schmauchspuren an seine Hand?«

»Nachdem sie ihn erschossen hatte, legte sie ihm die Waffe in die Hand und feuerte einen zweiten Schuss in den Boden ab. Sie selbst trug die Handschuhe ihres Mannes.«

»Aber warum hat sie einen Selbstmord vorgetäuscht?«

»Das war Improvisation, mit Liezen hatte sie nicht gerechnet, aber er drohte, ihren ausgeklügelten Plan zunichte zu machen.«

»Den perfekten Mord gibt es nicht, schon gar nicht in Ihrem Revier, Frau Brodersen!«, lobte die Staatsanwältin. »Sie hatten Kommissar Zufall in Ihrem Team, aber es ist allein Ihrer Sturheit zu verdanken, dass Sie mit dem Ergebnis der Ermittlungen nicht zufrieden waren! Gute Arbeit!«

»Die Spuren sind manchmal Brotkrumen und manchmal Kieselsteine«, murmelte Bente.

»Wie bitte?«

»Ach, nichts!«, lächelte sie und dachte an Erik und Hansen, die beiden wichtigsten Männer in ihrem Leben.

ENDE

DANKE

Haben Bente Brodersen und ihr Team Ihnen ein paar spannende Stunden beschert und hat Ihnen die Geschichte um die friesische Hauptkommissarin auf Sylt gefallen? Wenn ja, freue ich mich über eine Bewertung auf amazon, gern auch mit einigen Zeilen!

Als gebürtige Nordfriesin verbrachte ich viele Wochen mit unterschiedlichen Jobs auf Sylt und bis heute ist kein Jahr vergangen, in dem ich nicht mindestens für einen Urlaub dort war. Ich hoffe, Ihnen die Schönheit dieser Insel ein bisschen vor Augen geführt zu haben.

Liebe Leser*innen, empfehlen Sie mich gern in Ihrem Freundes- und Bekanntenkreis und teilen Sie den SYLT-KRIMI auf Facebook, Instagram, etc...

Sind Sie gespannt, wie es weitergeht mit Bente Brodersen auf Sylt? Dann folgen Sie KRINKE REHBERG auf amazon, damit Sie über Neuerscheinungen informiert werden!

DANKESCHÖN,

Ihre Krinke

Verpassen Sie keine Neuerscheinung!
Einfach im Newsletter eintragen:
www.krinkerehberg.com

Lesen Sie weiter...

1885

55°32'29.8"N 1°35'57.0"E
162 Seemeilen östlich von Edinburgh

Bjarne Lärsson klammerte sich an das Steuerrad der *Rieke*. Der fünfundsechzig Fuß lange Frachtsegler stampfte ächzend gegen die haushohen Wellen an und tauchte in das tosende Wasser ein. Wütend spielte die Nordsee mit dem Schiff und ließ es wie einen Pingpongball auf ihrer Oberfläche hin und her springen.

Bjarne kannte den Auslöser für diese Wut. Es waren die achtzehn Kisten, die der Pfarrer und seine vier Gefolgsleute an Bord gebracht hatten. Käpt'n Carstensen hatte von ihm einen prallen Beutel voll Sterlingsilber für die Überfahrt nach Husum erhalten. Die Fracht von fünfzig Säcken Salpeter füllte den Frachtraum nur halb, sodass die Passagiere dort Platz gefunden hatten. Aber als sie aus der Landabdeckung heraus gewesen waren und der Sturm mit Stärke 11 die *Rieke* erfasste, waren sie nacheinander aus der Luke gekrochen und hatten sich kotzend an die Reling geklammert. Den Blick des Pfaffen würde Bjarne nie vergessen. Die Augen waren schwärzer als die Nacht und abgrundtief böse gewesen. Ihn schauderte bei dem Gedanken daran.

Bjarne war schon zur See gefahren, bevor er laufen gelernt hatte. Sein Großvater hatte ihn Tag für Tag mit hinaus zum Fischen genommen. Auf nassen, rutschigen Decksplanken hatte er die ersten Schritte gemacht, angeleint wie ein räudiger Köter. Die Fähigkeit, jede Schiffsbewegung auszugleichen, war überlebensnotwendig gewesen und ihm in Fleisch und Blut übergangen. Er hatte alles aufgesogen, was es über die Nordsee zu wissen gab. Er sah an Strömungen und Wellenmustern, wo gefährliche Sandbänke lauerten, und wusste, wo Kabeljau, Aal und Hering sich tummelten.

In all den Jahren waren ihm Mastbrüche und über Bord gegangene Seeleute nicht erspart geblieben, aber das bei feuchtfröhlichen Abenden gesponnene Seemannsgarn über Kaventsmänner und den Klabautermann ließen ihn kalt. Bis heute. Dieser Sturm war anders. Er spürte mit jeder Faser seines Körpers, dass die tosende See einen Plan verfolgte. Sie forderte eine Schuld ein und würde nicht ruhen, bis sie bekommen hatte, was sie wollte. Inbrünstig betete er zu Njörd, dem Schutzgott aller Seefahrer. Es war nicht seine Schuld, dass die *Rieke* ausgelaufen war, er hatte vergeblich versucht, den Käpt'n von dieser Fahrt abzuhalten. An Umkehren war nicht zu denken, sie hatten bereits über einhundert Seemeilen zurückgelegt. Den Kurs zu halten, war unmöglich. Es ging ums nackte Überleben.

Bjarne konzentrierte sich darauf, den Bug der *Rieke* in die Wellen zu steuern. Sollte einer dieser Brecher das Schiff längsseits treffen, wäre es ihr Todesurteil.

Der schwere Tampen, der ihn mit dem Steuerrad verband, schlug ihm beim Abtauchen in das nächste Wellental mit voller Wucht ins Gesicht. Er schmeckte das Blut, bevor seine Zunge über die aufgeplatzte Lippe fuhr. Mit eisernem

Griff umfasste er das Steuerrad und versuchte, die *Rieke* auszurichten. Schockiert brüllte er gegen den Sturm an: »Die Ladung ist nach Backbord gerutscht, wir haben Schlagseite!« Käpt'n Carstensen hörte ihn und befahl den beiden nächststehenden Seeleuten, in den Frachtraum hinabzusteigen, um die Steckschotten zu versetzen.

Bjarne hatte die Statur und Kraft eines Bären, aber er konnte das Ruder nicht herumreißen. Die Rieke war manövrierunfähig, solange sie Schlagseite hatten. Er betete mit zusammengekniffenen Augen zu Gott, dem Allmächtigen. Dann riss er den Kopf hoch. Deutlich konnte er den Umriss eines Mannes auf der oberen Saling erkennen, die Wanten peitschten um seinen Körper. Wer in Dreiteufelsnamen kletterte bei dem Sturm in den Mast?

Brüllend streckte er seinen Arm aus und alle Köpfe folgten seinem Finger.

»Holt ihn da runter!«, schrie Bjarne gegen den Wind an, doch weder der Käpt'n noch einer der Seemänner reagierten.

»Da ist niemand!«, schüttelte der Käpt'n den Kopf.

Als Bjarne spürte, dass die *Rieke* sich wieder aufrichtete, krallte er sich das Steuerrad und drehte mit aller Kraft frontal auf die nächste Riesenwelle zu. Aus dem Augenwinkel sah er wieder die Gestalt des Mannes oben im Mast. Unwirsch schalt er sich einen Trottel. Den Klabautermann gab es nicht und niemand anders als ein Geist konnte dort oben sein! Fluchend hielt er Kurs geradeaus, direkt auf die schwarze, haushohe Wasserwand zu. Die *Rieke* stieß mit dem Bug voran in die Welle, wurde auf dem Wellenkamm wie eine Trophäe mitgetragen und stürzte schließlich in die Tiefe. Dann war nur noch Wasser um sie herum. Ein letztes

Aufbäumen des hölzernen Schiffsrumpfes ließ sie aus den Wellen emporsteigen.

Alle brüllten ihre Angst heraus. Bjarne folgte dem Blick des Pfarrers zum Mast. Ungläubig starrte er auf die Gestalt, die sich just in diesem Moment durch die Takelage hangelte. »Einer von Euch?«, schrie er dem Pfarrer zu.

Der schüttelte den Kopf und rief etwas zurück.

Bjarne konnte die zarte Stimme durch den Sturm nicht hören, die Antwort aber von den Lippen ablesen: »Der Teufel!«

Plötzlich schwirrte ein schwerer Schekel durch die Luft, traf den Geistlichen tödlich an der Stirn und fiel ins Wasser. In Zeitlupentempo wurde der leblose Körper des Pfarrers mit dem abfließenden Wasser mitgezogen und verschwand in der Weite der Nordsee.

Langsam legte Bjarne den Kopf in den Nacken und stieß ein tierisches Gebrüll aus, als die Gestalt sich vom Mast abstieß und mit einem Hechtsprung dem Pfarrer in den sicheren Tod folgte. Bjarne sah deutlich das teuflische Grinsen, bevor die nächste Welle seine volle Aufmerksamkeit forderte. Wieder wurde die *Rieke* emporgehoben und es dauerte einen Moment, bis er verstand, was seine Augen sahen. Ein Abgrund, der direkt in die Hölle zu führen schien, ein Trichter, an dessen Ende der Tod wartete. Bjarne wusste, dass dies ein Kaventsmann war. Er sah das Entsetzen in den Augen seiner Kameraden. Langsam löste er die Hände vom Steuerrad und faltete sie zum Gebet. Eine beängstigende Stille lag über der *Rieke.* Dann stürzte sie in die Tiefe.

Alle Seeleute, Passagiere und auch die achtzehn Kisten fanden ihr nasses Grab auf dem Meeresboden.

Kapitel 1

Heute

Der modrige Geruch kroch wie träge Nebelschwaden in seine Nase. Die Erinnerung an die qualvollen Schmerzen war angesichts des grauenhaften Anblicks verblasst. Der kurze, unruhige Schlaf hatte ihn nicht gestärkt, im Gegenteil, er spürte nichts als kaltes Grauen und Hoffnungslosigkeit.

Kraftlos hockte er auf dem harten Boden, wippte mit dem Oberkörper vor und zurück.

Ich möcht so gern nach Hause gehn,
wenn nur der böse Mann nicht käm!,

lallte er mit schwerer Zunge seine Version des Liedes, das seine Mutter ihm immer vorgesungen hatte. Tränen traten in seine Augen.

Angestrengt starrte er auf die Wand gegenüber des kleinen, vergitterten Fensters. Es half nicht, das Bild hatte sich in seine Netzhaut gebrannt. Für immer.

Ich möcht so gern nach Hause gehn,
wenn nur der böse Mann nicht käm!
Ich möcht so gern nach Hause gehn,
wenn nur der böse Mann nicht käm!,

wimmerte er fast lautlos. Er durfte nicht gehört werden. Seine Wut war brutal gewesen, das würde er kein weiteres Mal ertragen!

Durch den Tränenschleier sah er auf seinen nassen Schoß. Der beißende Ammoniakgeruch übertünchte sogar den des modrigen Kellers.

Sein Magen knurrte laut und fordernd. Panisch sammelte er Spucke im Mund und schluckte sie hinunter. Wann er zuletzt etwas gegessen hatte, wusste er nicht mehr.

Zaghaft drehte er den Kopf einen Millimeter Richtung Fenster, nur um im nächsten Moment wieder auf die Wand vor sich zu starren. Er ertrug den Anblick kein weiteres Mal. Das naive Verhalten ähnelte dem des Versteckenspielens aus Kindertagen. Aber egal, wie oft er wegsah, der Tod verschwand nicht. Es gab weder ein Zurück noch einen Neustart. Ganz im Gegenteil, er lag vor ihm und war das Ende.

Der Gestank in dem feuchten Keller löste einen Brechreiz in ihm aus, den er nicht unterdrücken konnte. Gepeinigt übergab er sich zwischen seine Füße. Angeekelt sah er den gelben Schaum in der Pfütze auf dem Boden wabern und übergab sich ein weiteres Mal. Ein fahler Lichtstrahl fiel durch das Gitter des Fensters und malte bizarre Schatten an die Wand. Winzige Staubpartikelchen schienen einen Tanz aufzuführen und ihn zu verhöhnen. Plötzlich knarzte der Schlüssel in dem rostigen Schloss der schweren Eichentür. Warm lief der Urin seinen Schritt entlang und tropfte neben das Erbrochene. Zitternd rollte er sich zusammen und bewegte lautlos die Lippen:

Ich möcht so gern nach Hause gehn,
wenn nur der böse Mann nicht käm!
Ich möcht so gern nach Hause gehn,
wenn nur der böse Mann nicht käm!
Ich möcht so gern ...

Das war

SYLTKRIMI
Wellengrab

TEIL 3
DER AIDA
REIHE
KRIMI KAWA
KRINKE
REHBERG
TÖDLICHE
AIDA
FRIEDA OLSEN ERMITTELT
KREUZFAHRTKRIMI